Executiva Dominante

Erika Sanders
Serie
Coleção Dominação Erótica

Sinopse

Richard Carrington é o proprietário de uma empresa que tem sérios problemas financeiros.

Talvez você não consiga pagar as contas dos funcionários por causa disso.

A única solução para salvar a empresa é um executivo bonito que propõe um pacto: dinheiro em troca de um favor

Até que ponto Richard estará disposto a ir em troca de manter sua empresa à tona?

Executiva Dominante é um romance com forte conteúdo erótico de BDSM e, por sua vez, um novo romance pertencente à coleção Erotic Domination, uma série de romances com alto conteúdo de BDSM romântico e erótico.

(Todos os personagens têm 18 anos ou mais)

Nota sobre a autora

Erika Sanders é uma conhecida escritora internacional, traduzida para mais de vinte línguas, que assina os seus escritos mais eróticos, longe da sua prosa habitual, com o seu nome de solteira.

Índice

EXECUTIVA DOMINANTE
ERIKA SANDERS

CAPÍTULO 1

Há momentos em sua vida em que você está no limite.

Parece que seu estômago está sendo esmagado por uma manada de elefantes, e você não tem certeza se acordar de manhã é a melhor coisa para você.

Atualmente, estou nessa circunstância.

É como se eu estivesse à beira de um penhasco.

Olho com medo para as pedras irregulares abaixo e rezo por uma bóia salva-vidas.

Dói-me ainda mais saber que é provável que leve muitas pessoas boas à minha frente.

Pessoas que não têm idéia de que estão balançando à beira do mesmo precipício.

Sorri e acenei para Janeth, nossa secretária, quando ela passou por sua mesa.

Passei semanas convencendo-a a deixar sua posição segura e bem financiada em um escritório de advocacia e vir conosco.

Promessas de opções de ações e riqueza além de seus sonhos finalmente a convenceram a correr o risco.

Ela era maravilhosamente organizada, alguém de que precisávamos profundamente.

Se você checasse sua mesa, poderia ter certeza de que tudo seria arrumado e sem rachaduras.

Meu coração parou por um momento quando vi as fotos de seus três filhos no canto de sua mesa.

Uma mãe solteira com todos os testes que o acompanham.

E eu estou levando ela e seus filhos do penhasco.

Eu estava me sentindo doente de novo.

Entrei no meu escritório, bem, mais como um cúbico no centro do plano de escritório aberto.

Eu poderia revisar toda a empresa daqui.

Apenas me sentei e fiz uma revisão de trezentos e sessenta graus para ver todo mundo trabalhando duro.

Eu me sentei e me escondi.

Tudo vai entrar em colapso na segunda-feira.

Eu não tinha certeza se poderia pagar a folha de pagamento.

O estresse me bate em uma onda.

Eu rapidamente parei para olhar para minha lata de lixo e joguei meu café da manhã.

Janeth correu enquanto ele estava ocupado fechando o forro de plástico.

"Você está bem, Sr. Carrington?" ela perguntou com preocupação maternal.

'Não, eu vou me atirar de um penhasco depois de atropelá-los', pensei comigo mesma.

"Havia algo errado com meu café da manhã", eu menti.

"Há algum tipo de gripe por aí", acrescentou Janeth, "talvez você deva tirar um dia de folga e ficar boa".

A idéia de se esconder em casa era muito atraente, mas não havia nada que ele pudesse fazer em casa.

Eu precisava de mais capital de investimento para ontem.

Todos os meus canais normais haviam secado.

"Não, eu vou ficar bem", eu disse, "vou lavar isso um pouco e voltarei."

Ela tentou não respirar enquanto passava a lata de lixo em minhas mãos.

O olhar preocupado de Janeth era difícil de ignorar.

Ela, de todas as pessoas, tinha uma imagem mais próxima da condição da empresa, mas não sabia que um empréstimo de meio milhão de dólares seria devido na segunda-feira.

Ela sabia, no entanto, que eu e o banco recebemos algumas chamadas acaloradas.

'Não há extensão' foi a última palavra.

Não foi preciso um leitor de mentes para perceber que algo estava errado.

Ele teve uma reunião bastante delicada com um capitalista de risco em uma hora.

Foi um tiro aleatório, mas ele precisava atirar em algum lugar.

Nesse ponto, ele estava disposto a trocar qualquer coisa com qualquer pessoa que estivesse disposta a sustentar as finanças.

Eu só precisava de tempo.

Restam apenas seis meses para um bom fluxo de caixa.

Passei por Ralph Seams e suas muitas telas de código-fonte.

O homem viveu em um mundo binário.

Carregá-lo conosco foi uma das minhas melhores vitórias.

Ele não tinha ideia de como poderia lidar com quatro telas planas cheias de bobagens, mas sua mágica sempre parecia funcionar.

Mal cheguei ao banheiro quando me lembrei de seu carro novo, de sua nova casa e de sua nova esposa.

Revolucionou minha bílis da maneira mais dolorosa.

Eu mereci a dor.

Deveria ter doído mais.

O navio estava afundando e eu tinha esquecido de comprar botes salva-vidas.

Levei alguns minutos para recuperar minha compostura.

Lavei meu rosto e fiquei chocado com meus olhos vermelhos sem sono.

Ele estava a um passo de ser um extra de um capítulo de 'The Walking Dead'.

Não admira que Janeth tenha pensado que estava gripada.

Lavei minha boca algumas dúzias de vezes e alisei meu cabelo.

O homem no espelho parecia dez anos mais velho que um mês atrás.

Respirei fundo duas vezes e reduzi minha frequência cardíaca a um nível gerenciável.

Eu era o capitão deste navio afundando.

Eu precisava manter isso junto.

Era minha confiança que todos precisavam ver.

Era o que ele tinha que refletir quando tentava impressionar na próxima reunião.

Ele queria que eu voltasse a ser a mesma.

A força motriz que juntara isso não tinha medo.

Eu coloquei o inevitável no fundo da minha mente.

Era apenas quarta-feira e havia tempo de sobra para consertar um desastre de meio milhão de dólares.

Depois de sacudir uma manhã de auto-aversão, saí bravamente do banheiro.

Ele tinha sorrisos para todos.

CAPÍTULO 2

Quando Virginia Buttingson entrou no escritório, o barulho normal do local passou ao silêncio.

Ela era uma mulher imponente e controlava um grande número de dólares em capital de risco.

Ela estava vestida para conquistar uma saia azul marinho magrela e uma elegante blusa branca com um lenço vermelho.

Ele usava um cinto de couro com anéis entrelaçados e amarrava a roupa em um paletó azul marinho inclinado.

Seus meticulosos cabelos castanhos estavam no meio de um cacho, separados do rosto e mantidos atrás dos ombros com um pequeno laço azul marinho.

Batom vermelho forte e rímel escuro dão a ela uma aparência exigente.

Ele parecia estar na casa dos quarenta.

Seus olhos afiados pareciam criticar todos os cantos do escritório.

Atrás da sra. Buttingson havia três indivíduos com a aparência típica de advogados: todos homens e todos de terno preto.

Eles estavam quase bloqueando o corredor, então foram levados à sala de conferências.

Respirei fundo e trouxe meu lutador de negócios à superfície.

Eu realmente senti que tinha dois caras de terno atrás de mim andando por aí, então não me senti tão em menor número.

As apresentações foram tranqüilas e entrei em uma exposição de gatos e cães.

Expus por trinta minutos para promover a viabilidade de nossa solução de software baseada em nuvem.

Ele tinha todos os números e gráficos em mente, além de diversos dados de marketing, estruturas de custos maravilhosamente desenvolvidas e uma lista de parceiros de nível A.

Eu estava prestes a entrar em uma demonstração do software real quando fui subitamente parado.

"Você não está me dizendo nada que não saiba", disse Buttingson sem rodeios.

Eu estava esperando ela continuar, possivelmente me dizendo o que eu queria saber.

Em vez disso, recebi um silêncio mortal, e seus olhos fortes se encheram de buracos na minha confiança anterior.

"Que informações adicionais você procura, senhorita Buttingson?" Eu perguntei a ele da melhor maneira possível.

Eu mantive meu rosto firme, querendo que ela visse que nada que ela pudesse dizer ou fazer me perturbaria.

"O nível de desespero dele", ela respondeu rapidamente.

Seus olhos nunca deixaram os meus e não havia humor em seus lábios.

Ela tinha me ensopado.

"Não tenho certeza de que sei o que você quer dizer", respondi, tentando me manter firme.

As visões do meu café da manhã no lixo podem me atingir novamente.

"Podemos ter um momento em particular?" Era uma ordem para seus três tons de terno preto.

Eles se levantaram como um e saíram da sala.

Quando a porta se fechou atrás deles, a atenção deles voltou para mim.

"Na segunda-feira, você estará terminado. Você virá aqui e dirá a todas essas pessoas que confiam em você que você está de brincadeira. Meus contadores me dizem que você nem será capaz de fazer a folha de pagamento final."

Meu estômago enviou um pouco de bile.

Eu a afoguei novamente.

"Eu não sei de onde ela obtém suas informações, mas ..." Comecei a defender a empresa, mas ela me parou com a mão levantada.

"Não me dê uma desculpa de merda." Ele parecia conhecer meus problemas em detalhes. "Mas eu posso fazer com que tudo desapareça. Você dormirá bem à noite e essas pessoas não o considerarão desprezível pelas solas dos sapatos. Só temos que chegar a um acordo".

Porra, eu não estava pronta para isso.

Ela sabia que tinha me preso e estava prestes a ser fodido por capital.

Eu nunca me senti tão minúsculo na minha vida.

Eu me endireitei e me coloquei em guarda.

"Que tem em mente?"

Ele não ia perder mais tempo tentando colocar maquiagem mais.

Ela já sabia que estava nadando no escuro.

"Eu tenho duas opções para você, nenhuma das quais você vai gostar", afirmou ele com determinação. "Na primeira opção, espero até segunda-feira, quando o banco solicita seu empréstimo e coleciono os pedaços do que resta da empresa. Acho que você tem um bom produto aqui e deve conseguir rentabilidade dentro de seis a doze Meses. Posso cortar os salários dos funcionários que são úteis para mim e demitir os que são excedentes para mim. Não seria uma vitória, pois todos culparão você pelo desastre. "

Eu esperava um sorriso maligno, mas só vi o mesmo rosto de negócios.

Ele a odiava por ter dinheiro para ser tão cruel.

"Isso seria muito desagradável", eu disse com firmeza.

Agora eu recebi um sorriso.

Ela não era má, era vencedora.

Eu acho que ela estava gostando do meu desespero, mas ela queria me dar uma saída.

Não tive que esperar muito pela opção dois.

"Na segunda opção, assino e concedo seu empréstimo e dou a ele mais quinhentos mil em capital de giro".

O sorriso dela aumentou.

Até agora, eu estava com ela nessa opção.

Eu estava esperando a parte "chantagem".

"Em troca, tenho quarenta e nove por cento das ações e ..." Ele fez uma pausa e abaixou a voz, "algumas considerações adicionais".

Você poderia viver com a perda de ações.

Ela realmente não tinha escolha e ficou surpresa por não querer controlar o interesse da empresa.

O capital restante, 51%, foi uma agradável surpresa, mas as "considerações adicionais" pareciam quase ilegais.

Eu me esquivei de leis, mas não era a favor de quebrá-las.

"Defina 'considerações adicionais'", perguntei em um tom menos autoritário.

Ela se levantou e caminhou em minha direção de uma maneira não profissional.

O sorriso dela passou de vitorioso para cruel e juntou-se aos olhos dela.

"Homens como você me intrigam." Ela moveu o rosto desconfortavelmente perto do meu. "Você é inteligente, motivado e adora estar no comando. É o que acabará por levar ao sucesso da sua empresa. Gosto de lidar com homens como você. Não nos negócios, mas em particular."

Ele fez uma pausa e eu engoli em seco.

Seus calcanhares fizeram seus olhos se nivelarem com os meus, dificultando a tentativa de se sentir superior.

"Eu te dou o que você quer e eu pego o que eu quero."

Ele se virou de repente, voltou ao seu lugar e sentou-se.

Notei que ele deixava um leve perfume almiscarado em seu rastro.

"Em privado?"

Eu queria que isso ficasse claro.

Ele não tinha certeza do que esperava, mas tinha que ser melhor do que dizer a Janeth que ela estava desempregada.

"Muito particular."

Seu sorriso e seus olhos se suavizaram.

Eles foram quase convidativos.

"Eu não posso prometer que você gosta, mas eu vou."

Eu não podia acreditar que estava considerando isso.

Ela não era mais dura com os olhos e não era tão velha assim.

Ela não podia me levar mais de dez anos comigo.

"O que seria esperado de mim?" Eu perguntei por.

Eu ainda estava engolindo em seco.

Ele não estava acostumado a estar tão fora de controle.

Talvez a falência seria melhor que isso.

O sorriso dela se tornou lascivo.

"Você será minha cadela obediente", ele disse e deu de ombros. "Algumas vezes por ano, até que eu esteja entediado com você. Os outros negócios permanecerão intactos quando eu terminar com você."

A palavra 'cadela' ressoou em minha mente.

"Você me obedecerá plenamente por vinte e quatro horas; nenhum dano físico permanente ocorrerá, mas apenas meu prazer será importante."

CAPÍTULO 3

"Não tenho certeza se posso fazer isso."

Tive a ideia de tentar um pouco de negociação, talvez tentar estabelecer alguns limites.

"É tudo ou nada, Sr. Carrington. Troque um pouco de orgulho pessoal comigo e seu orgulho público permanecerá intacto."

Ela não estava deixando nada aberto para negociação.

Eu estava ferrado de qualquer maneira.

"Preciso de uma decisão. Não estou interessado se você não estiver totalmente comprometido."

Ele não tinha muitas opções e também não tinha tempo.

Imaginei-me encarando a vergonha da falência e falhando com meus funcionários.

O tempo e o capital de giro oferecidos ofereciam a empresa brilhar como nunca antes.

Eu poderia ser prostituta por vinte e quatro horas.

Eu sou viciado em sucesso.

"Acordo feito", foi tudo o que eu disse.

"Tudo bem", disse ele, e olhou em sua pasta: "Aqui está uma chave com meu endereço em anexo. Estará lá neste sábado às 9:00. Ninguém mais deve conhecer essa parte do nosso acordo". Ela me deu aquele sorriso caloroso e convidativo novamente. "Vamos chamar os meninos para revisar a papelada."

Peguei a chave e coloquei no meu bolso.

Fiquei chocado ao descobrir que a sra. Buttingson havia esclarecido tudo nos documentos.

Ela poderia exercer o direito de deixar tudo, sem dar qualquer motivo, na próxima segunda-feira.

De repente, senti que eles estavam segurando minha mão.

E com os outros na sala, nossa conversa foi menos franca.

"Eu só tenho que ter o fim de semana para considerar as opções", disse ele, "preciso garantir que ambos possamos cumprir nossos compromissos".

"Como isso protege meus interesses?" Respondi: "Pretendo implementar integralmente todos os termos do contrato, verbais e escritos. Não tenho garantia de que fará o mesmo".

Eu não tinha ideia de como criar a confiança necessária para nos tornar felizes.

Depois deste final de semana, podíamos ter a confiança necessária, mas hoje havia pouco disso.

"Vou conceder seu empréstimo por um mês de boa fé, sem compromisso", respondeu ela.

"Aceitaram." Eu sorri.

Talvez não valha a pena aguentar o fim de semana dele por mais um mês, mas pelo menos isso me deu tempo para encontrar outra solução, se tudo isso desmoronasse.

Fiquei espantado com a rapidez com que ela conseguiu conceder o empréstimo com apenas um telefonema.

Eu estava tentando há quatro meses, implorando com ouvidos surdos.

Uma ligação dela e eu tivemos mais trinta dias.

Você tem que respeitar ou odiar esse tipo de poder.

E entrei na prostituição alguns minutos depois.

Não estava escrito nos acordos, mas estava sobre mim como uma bigorna.

Eu era dela ou teria a possibilidade de ser espancada até a morte pelas pessoas que me arrastaram para a ruína.

Tirei um peso de mim, mas outro tomou o seu lugar.

Nos despedimos com toda a cordialidade de sermos novos parceiros de negócios.

Minha empresa sobreviveria enquanto eu pudesse aceitar seus termos.

CAPÍTULO 4

O sábado chegou muito mais rápido do que eu gostaria.

Como alguém se prepara para ser uma 'cadela obediente'?

Eu não tinha ideia de que já havia procurado esse tipo de empresa antes.

Esse tipo de empresa estava frustrado com minha ternura e preliminares.

Eu sempre acho que as mulheres são mais frágeis do que realmente são.

Quero dizer, eu gosto de levá-los para casa tanto quanto qualquer cara.

Eu só preciso da sua permissão primeiro.

Tomei banho, me barbeei e cortei um excesso de cabelo.

Usei uma quantidade considerável de desodorante e me joguei um pouco depois de me barbear.

Pelo menos não cheiraria mal.

Eu não tinha ideia do que vestir.

Eu decidi por roupas de negócios casuais.

Era bom para a maioria das ocasiões e ocupava oitenta por cento do meu guarda-roupa.

Os outros vinte por cento consistiam em jeans e camisetas.

***

Parei na casa dele esperando encontrar uma grande mansão e descobri algo muito menos ostensivo.

Era uma casa de tijolos simples, de estilo colonial, de dois andares.

Tinha quatro colunas de dois andares que sustentavam o teto sobre a varanda.

Um gramado bem cuidado e vasos de cimento cheios de flores faziam com que parecesse limpo.

As árvores tinham idade avançada e proporcionavam uma vista agradável da casa.

Estacionei na garagem e toquei a campainha.

A sra. Buttingson abriu a porta para mim com um sorriso agradável.

"Ok, você chegou um pouco cedo. Por favor, entre" ele disse enquanto abria a porta.

O hall de entrada era composto de dois andares com um lustre gigante pendurado no teto.

Tinha centenas de cristais multifacetados que refletiam a luz da manhã.

O chão parecia ser feito de uma única folha de mármore, toda branca com veias negras que não se quebravam de parede a parede.

Tudo parecia brilhante de uma maneira rica.

Até os quadros que sustentavam o trabalho obviamente caro eram perfeitamente combinados com a sensação da sala.

Uma linda escada de madeira levava ao segundo andar.

A única coisa que parecia fora de lugar era uma grande cesta de vime vazia ao lado da porta da frente.

"Nervoso?" ela perguntou.

"Apreensivo", respondi.

Seus lábios estavam tão vermelhos quanto no nosso primeiro encontro.

A cor do batom dela colidiu aproximadamente com a pele pálida.

Ela juntou os cabelos em uma única trança que corria para o meio das costas.

"Poderosamente atraente" veio à minha mente.

"Não fique. Vou lhe dizer o que quero. Não pense, apenas faça." Ela estava me dando aquele sorriso amigável novamente. "É uma coisa de controle, eu gosto de controlar os controladores."

Agora ele estava nervoso.

"Temos palavras seguras, ou algo assim?"

Ele fez uma pequena pesquisa sobre dominância.

Eu pensei que era para onde ela estava indo, e acabei de confirmar isso.

"Toda vez que você sente que é demais, pode sair sem problemas", disse ele sem sorrir, "mas é claro que isso anularia nossos acordos".

Eu sorri com a situação.

Às vezes você apenas tem que entrar nos buracos que cavou.

Você só precisa fazer isso com confiança.

"Eu acho que sou toda sua", eu disse com um encolher de ombros.

"Eu adoraria tirar esse sorriso do seu rosto", ela revelou.

Seu sorriso agora era maior que o meu e não era mais amigável.

Eu forcei o meu a aumentá-lo.

Vamos ver o quanto de mim pode mudar.

Ela riu da minha luta de sorriso.

"Eu sabia que seria divertido."

O grande relógio no topo da escada começou a bater a hora.

"Quero todas as suas coisas nessa cesta. É onde elas devem estar até você ir", disse ele, apontando para a cesta de vime.

Estava em sua posse agora e era uma ordem.

Fácil, pensei.

Deixei minhas chaves, telefone, relógio e carteira na cesta e me virei para olhá-la.

"Eu disse todas as suas coisas, vadia!" Ela pediu.

Seu tom me pegou de surpresa.

Por alguma razão, pensei que isso seria um pouco mais cordial.

Cerrei os dentes quando percebi que ele estava se referindo às minhas roupas.

Eu sabia que chegaríamos a isso a tempo, mas estava pensando no quarto ou algo assim.

Coloquei a camisa polo sobre minha cabeça e a joguei na cesta.

Fiquei desconfortável por ele ter se movido tão rápido para fazer sua exigência.

Reduzi a um ritmo mais lento: o meu ritmo.

Ajoelhei-me e desamarrei casualmente meu sapato.

Ouvi o zumbido antes de sentir uma pontada aguda nas minhas costas nuas.

"Merda!" Eu gritei, mais de surpresa que de dor.

"Mais rápido, você está no meu poder, vadia!" ela corrigiu.

Eu olhei para o rosto de um demônio.

Os mesmos lábios vermelhos, simplesmente enrugaram em uma expressão do mal.

Na mão, um cavalo equestre preto com cerca de dois pés de comprimento.

No final, havia um pedaço de couro amarrado.

Foi nesse ponto que eu realmente comecei a questionar a sanidade do acordo que havia alcançado.

O relógio nem terminara o nono toque e estava com sérias reservas.

Eu tinha perdido o meu sorriso.

"E não haverá mais explosões repugnantes da sua boca", continuou ele, "você me chamará de amante. Você entende?"

Eu tinha uma visão na minha cabeça para me levantar e bater meu punho naqueles deliciosos lábios vermelhos.

Mas vi Janeth chorando e Ralph tentando consolar sua nova esposa.

Meu estômago revirou.

"Sim", eu disse baixinho e acelerei a roupa.

O clique foi mais alto e eu estremeci antes de me atingir.

Eu segurei uma tempestade de palavrões e soltei um pequeno rosnado.

"Sim que?" exigido.

Foi submissão total.

Era contra tudo no meu ser.

Vinte e quatro horas?

Eu não tinha certeza do que aconteceria no primeiro minuto.

"Sim, senhora", eu disse baixinho.

Eu rapidamente joguei meus sapatos e meias na cesta e me levantei para tirar minhas calças.

O sorriso dela voltou.

De volta ao sorriso caloroso e acolhedor.

Droga, ele a agradara.

Eu a preferi irritante.

Ele estava com raiva e era justo que ela também sofresse.

Tirei minhas boxers e calças em um movimento.

Eu não os coloquei na cesta.

Em vez disso, joguei-os fora com uma atitude de nojo.

Eu não precisava gostar disso.

A cesta derrapou alguns centímetros à força.

Eu recebi um sorriso sarcástico.

Eu não tinha certeza se era por causa da minha atitude ou do fato de que meu pau agora exposto não mostrava muito interesse na situação.

"De joelhos!" exigido.

Eu rapidamente caí no chão, o mármore frio esmagando meus joelhos.

Eu mantive minha expressão de nojo e parecia desafiador, tanto quanto um homem nu podia, em seus olhos.

"Olhar para baixo!" ela pediu.

Dessa vez eu me mudei devagar.

Eu me certifiquei antes de lhe dar um olhar ameaçador enquanto meus olhos se moviam para os dela, descendo pelo peito, passando pela pélvis e descendo até os pés.

Ela era muito magra e em forma para quarenta.

"Vadia de quarenta anos", eu me corrigi.

Ele se inclinou ao lado do meu ouvido.

"Fique assim. Enquanto me preparo, pense em um bom pedido de desculpas com a cesta pelo que aconteceu", ele sussurrou alto.

Seu hálito quente enviou um calafrio pela minha espinha.
Suas palavras enviaram fúria através do meu sangue.
Droga, se vou pedir desculpas por uma cesta.
Ela foi em direção às escadas.

CAPÍTULO 5

A raposa me deixou ali, ajoelhada no mármore frio, por quinze minutos.

Eu sabia, porque trapaceei olhando o relógio no topo da escada.

Eu tive que mostrar minha rebelião onde podia.

Restavam apenas vinte e três e três quartos.

Minha cabeça estava abaixada, mas meus olhos secretamente se filtraram para cima quando o demônio desceu as escadas.

Eu estava esperando algum tipo de roupa preta de látex com salto alto e pontudo.

Mas não esperava o que estava descendo as escadas.

Ela estava completamente nua.

Nada, nem jóias ou decorações.

Sua mão ainda segurava o chicote amaldiçoado com confiança.

Eu amaldiçoei meu pau quando ele começou a responder aos seus seios saltando um pouco a cada passo que eu dava.

Ela estava subindo as escadas, mostrando claramente o resultado de qualquer programa de exercícios que ela executou também.

"Cadela, cadela, cadela", corrigi meu cérebro.

Meu pau me ignorou como um traidor viscoso.

Ela ficou na minha frente, minha cabeça apontando para seus pés, meus olhos examinando entre suas pernas.

Ele me odiava por querer ver.

Lá estava, a cinquenta centímetros de distância, uma fenda sem pêlos, nua como no dia em que ele nasceu.

Engoli em seco antes de babar e forçar meus olhos de volta ao chão.

Vadia, vadia, vadia. E fodendo meu pau traiçoeiro.

"Seu pedido de desculpas?" Parecia uma pergunta, mas eu sabia que era uma ordem.

Eu tinha esquecido completamente de inventar um.

É apenas uma cesta de merda.

"Desculpe cesta", murmurei.

Ele não podia acreditar o quão embaraçoso era dizer isso.

O clique me avisou mais uma vez o que estava por vir.

"Isso ... não ... parece ... sincero!"

Ele enfatizou cada palavra com um chicote do chicote na minha coxa e lateral.

Um de cada vez era administrável.

Involuntariamente enruguei os olhos e mal apreciei a enxurrada de socos.

Visões de agarrar a coisa de sua mão e chicotear através de seu corpo inundaram meu cérebro.

Por que eu concordo com isso?

Ele fez uma pausa, presumi que ele me deixaria tentar novamente.

Eu deixei meus olhos subirem um pouco, mais para ver se outro golpe estava chegando.

O que vi foi algo brilhando nos lábios da vagina.

Minha dor a excitou.

Foi uma perda ou uma perda, não importa como eu reagisse.

"Sinto muito, senhora Basket. Nunca mais a desrespeitarei."

Puxei-o do topo da minha cabeça e soletrei-o claramente.

A bruxa se agachou no meu nível.

Eu observei brevemente como seus lábios inferiores se separaram e mostraram a flor rosa molhada.

Ele levantou meu queixo e forçou meus olhos aos dela.

"Eu acredito em você", disse ele com aquele sorriso amoroso.

Porra, eu a fiz feliz novamente.

E aqueles malditos lábios vermelhos brilhantes estavam a centímetros dos meus.

Eu os queria entre os dentes para poder morder e ver se o sangue deles era tão vermelho.

Eu tinha certeza que minha raiva era evidente no meu rosto.

Seu sorriso aumentou quando seus olhos caíram entre as minhas pernas.

Meu pau decidiu ignorar minha raiva e apreciar sua nudez.

"Toque isso e eu lhe mostrarei a verdadeira raiva", ela enfatizou com os lábios vermelhos.

Ela enfatizou seu argumento tocando levemente minha ereção com a ponta de couro do chicote.

Estremeci com as implicações.

Meu pau traiçoeiro mudou com a atenção.

Foda-se, era tudo que eu conseguia pensar.

Ela se levantou enquanto inclinava minha cabeça no chão.

Meus olhos voltaram a seus pés, notando que suas unhas estavam impecavelmente pintadas com um verniz vermelho brilhante.

"Siga-me", ele me ordenou e se dirigiu para as escadas.

"Sim senhora", eu disse sem pensar.

Fechei minhas mãos em punhos para me punir por me apaixonar por seu jogo.

Minhas pernas doíam quando me levantei.

Eles realmente não gostaram da posição ajoelhada e reclamaram até que eu consegui endireitá-los novamente.

Subindo as escadas, consegui fazer o sangue fluir através deles e recuperar o vigor.

Eu a segui por trás, subindo os degraus inquietamente.

Imaginei situações com algum tipo de câmara de tortura.

E ver sua bunda apertada não estava ajudando em nada na situação.

A cada passo, ele balançava para a esquerda ou direita, mas nunca balançava.

Era como um travesseiro firme que implorava para ser acariciado.

Eu mantive minhas mãos paradas e tentei desesperadamente ignorar a vista.

Cadela, cadela, cadela.

CAPÍTULO 6

Eu a segui pelo corredor até uma sala do outro lado.

A apreensão me atingiu novamente com força.

É exatamente onde estaria uma sala de sexo privada.

Longe da passagem habitual, onde os convidados provavelmente não tropeçariam.

Meu coração acelerou um pouco.

A ideia de estar ligada a algum artefato estranho com a bruxa demoníaca sob controle total não era uma idéia muito agradável.

Eu poderia jogar submisso, mas não acho que poderia ir até o fim.

Eu diminuí meus passos, tentando me dar algum tempo para pensar.

Nem mesmo uma hora inteira se passou.

Eu a vi desaparecer no quarto.

Parei, fechei os olhos e tentei pensar até onde estava preparado para ir.

Ele estava disposto a seguir em frente enquanto pudesse detê-lo, se quisesse.

Essa era a linha que ele não estava disposto a cruzar.

Ser escravizado não era uma opção.

Mesmo se eu tivesse que esperar na fila pelos desempregados, eu não daria isso a ela.

Meu orgulho voltou forte.

Eu andei em frente com um propósito.

Isso estava começando a terminar agora.

Entrei na sala e perdi o fio dos meus pensamentos.

A sala estava iluminada e arejada.

Duas portas francesas se abriram para uma varanda coberta com vasos de flores coloridas que davam ao quarto o perfume.

Havia uma cômoda branca com garrafas e loções e uma pilha de toalhas brancas.

No centro da sala havia uma mesa de massagem.

E ela estava deitada de bruços com a cabeça em um pequeno travesseiro, os olhos me olhando como punhais.

"Mova-se, cadela!" Ela cuspiu: "O óleo quente está na cômoda".

Uma massagem poderia fazer isso.

Se eu evitasse seus olhos maus, ele ficaria deslumbrante em cima da mesa.

Ele tinha a curva certa nas costas para acentuar sua bunda.

Eu sorri com a minha sorte.

"Desculpe, senhora", eu disse, movendo-me rapidamente através do óleo.

Ela me bateu na bunda com o chicote quando eu passei.

Então eu estremeci um pouco que parecia satisfazer sua necessidade de punir.

Na verdade, não havia força por trás disso.

Se você pensa sobre isso, eu estava no comando agora.

A pele dela estava à minha mercê.

Eu não estava nem chateada com meu pau, pois ele lutou para destacar a beleza diante de mim.

Joguei uma toalha por cima do ombro e puxei o dispensador de óleo quente do aquecedor.

Eu podia sentir o cheiro de lavanda que o óleo estava emitindo quando me mudei para a mesa.

"Comece com meus braços", ele disse suavemente.

Ele deixou o chicote em uma extremidade da mesa e colocou os dois braços ao longo dos lados.

Derramei um pouco de óleo em minhas mãos e as esfreguei para obter um composto bom e uniforme.

Comecei na mão direita, especificamente na palma da mão, com os polegares.

Eu sabia uma ou duas coisas sobre como massagear.

Eu tive alguns muito bons e lembro como foi feito.

Uma vez eu tive um em um navio de cruzeiro que praticamente me levou para o céu.

Aquela mulher mais velha na casa dos sessenta tinha as mãos de um anjo.

Ela transformou todos os meus músculos em geléia.

Ele tentaria dobrar seus talentos dessa vez.

A sra. Buttingson gemeu quando eu arrastei meus polegares sobre a palma da mão.

Senti os músculos da mão dele deixarem o estresse.

Fui para o meu pulso depois de outra camada de óleo, amassando suavemente, aumentando lentamente a pressão quando cheguei ao antebraço carnudo.

Eu a observei respirar lentamente e ela reajustou a cabeça para conforto.

Ela estava caindo aos pedaços nas minhas mãos.

Apliquei mais óleo e trabalhei em círculos lentos em torno de seus bíceps enquanto olhava para sua bunda.

Realmente era uma coisa de completa beleza.

Eu me movi em torno de sua cabeça, passei pelo chicote ocioso, em direção à sua mão esquerda.

Repeti o processo naquele braço com mais gemidos dados pelo diabo como resposta.

Minha cabeça estava flutuando com visões de agarrar o chicote e pintar algumas listras agradáveis em sua bunda firme.

Foi nesse momento que percebi que estava ficando um pouco nervoso.

Eu estive nisso por cerca de quinze minutos e senti como se estivesse neste jogo por um século.

"Pare de olhar para a minha bunda", ele ordenou.

Percebi que seus olhos estavam olhando para os meus.

"É difícil ignorar, senhora", eu disse e sorri.

Eu acho que dois poderiam jogar este jogo.

Ele não dissera nada de errado e acabara de lhe dar um elogio velado.

Talvez ele tenha pensado que lhe havia dito que sua bunda estava bem, ou era grande demais, ou apenas significava que ele estava nu.

Eu pude notar os pensamentos atrás de seu olhar e apreciei sua confusão.

Passei por cima de sua cabeça, cobri minhas mãos com mais óleo e comecei a trabalhar em seus ombros.

"Por que é difícil ignorar?" ele perguntou em um tom que soou um pouco ameaçador.

O longo atraso entre minha declaração e sua pergunta foi delicioso.

Todas as mulheres duvidam de seus corpos.

Até uma cadela rica e poderosa como ela.

Não foi preciso ser um gênio para saber que ele havia atingido um ponto fraco.

"Eu não sou o único a lhe dizer, senhora."

Eu o esquivei como um servo do início do século XIX.

Ele tinha pouco poder no relacionamento, mas ele pegaria o que podia.

Eu sabia que isso poderia explodir na minha cara, mas que diabos.

Alguns riscos são mais divertidos que outros.

Ela gemeu quando eu amassei firmemente atrás das orelhas e ao longo do pescoço.

"Pare de brincar e responda", ele suspirou.

Era difícil para ela ficar com raiva enquanto trabalhava no pescoço.

Ele podia sentir os músculos perdendo seu desejo de ficar acordado.

"Bem, isso se destaca um pouco, senhora", arrisquei.

Eu sabia que agora a situação estava inclinada para o lado ruim do espectro.

Eu podia sentir os músculos apertando sob meus dedos.

Pode ter levado as provocações um pouco longe demais.

Eu me inclinei em seu ouvido e sussurrei:

"Porque é fodidamente perfeito."

Omiti a senhora apenas para zombar dela.

Ele queria ver como ele lidaria com um elogio misturado com insubordinação.

Ele lentamente levantou a mão, agarrou o chicote e tocou levemente minha coxa.

"Está fodidamente perfeito, senhora", eu reiterei.

"Então você tem minha permissão para olhar para minha bunda", disse ele sonolento e devolveu o chicote e a mão à mesa de massagem.

Vi um meio sorriso e sabia que por baixo de seu exterior duro havia uma mulher tímida.

Um ponto para mim.

Comecei a trabalhar nas costas dele.

Coloquei minhas mãos oleadas em sua espinha logo acima de sua bunda.

Então voltei pelos lados até o topo, mal arranhando os lados dos seios esmagados.

Minha imaginação foi ativada e vi aqueles lábios vermelhos rubi em volta do meu pau enquanto me movia de um lado para o outro ao longo de suas costas.

Seria necessário apenas um pouco de inclinação para fazer isso.

Eu rapidamente voltei para o lado dele para tirar a imagem da minha cabeça.

Eu precisava muito lidar com minha ereção.

Passei mais dez minutos nas costas dele antes de me levantar.

Se você realmente quer relaxar alguém, tente uma massagem com óleo quente nas solas dos pés.

Eu quase a dormi enquanto trabalhava na ponta dos pés e esfregava a sola com os polegares.

Consegui até acalmar minha ereção, pelo menos até olhar para cima.

Aninhada entre as coxas, logo abaixo de sua bunda perfeita, parte de sua flor íntima foi exposta.

Senti uma pontada excitar meu pau novamente.

Tentei desviar o olhar, mas havia um brilho aconchegante nos lábios expostos.

Ela estava molhada e eu estava quente como o inferno.

Lábios lindos, bunda perfeita e buceta brilhante - isso era mais do que um homem deveria suportar.

Eu me forcei a olhar para os pés dele e dobrei meus esforços.

Não demorou muito para que meus olhos voltassem ao ápice de suas coxas.

Minhas bolas já estavam começando a doer.

Eu me mudei para o lado e comecei a trabalhar na perna dele.

Ela restaurou sua posição no travesseiro com os olhos fechados.

Eu só podia ver sua bunda maravilhosa agora.

Ambos os lábios estavam escondidos de mim, o que ajudou um pouco.

Voltei minha mente aos negócios.

Pensei no que poderia ser feito com o novo capital de giro.

Isso poderia aumentar o marketing e, portanto, aumentar as vendas quando voltarmos a funcionar.

Eu poderia contratar Ralph para obter ajuda e acelerar o desenvolvimento final.

Havia uma empresa especializada em interfaces de usuário que poderia melhorar a experiência do usuário.

Esses pensamentos não diminuíram o inchaço, mas acalmaram os impulsos imediatos.

Mais quinze minutos e apenas sua bunda não foi oleada.

Por mais que eu quisesse amassar aquela carne apertada, não achava que minhas pobres bolas poderiam lidar com isso.

Eu também não tinha certeza se o seu retorno me faria algum favor.

Talvez a hora que ele já havia passado com ela fosse suficiente.

"Você está propositalmente ignorando minha bunda", disse ele com desdém.

Parei de respirar por um momento enquanto olhava para sua perfeição tensa.

Estava na hora de um pouco de verdade.

"Eu vou explodir, senhora", eu disse com relutância.

Eu esperava que ela mostrasse alguma piedade.

Inferno, isso me aliviaria.

Ele levantou a cabeça preguiçosamente e olhou entre as minhas pernas.

Eu segui o seu olhar.

Havia uma longa corrente de fluido pré-seminal claro da ponta do meu pau até o chão, terminando em uma pequena poça.

"Oh", disse ela com pouca compaixão, "pelo bem de seus funcionários, espero que você não perca tudo antes que o tempo acabe." Ela deitou a cabeça no travesseiro. "Continue com o trabalho."

'Maldita puta!' Eu disse a mim mesmo.

Eu quase falei em voz alta, mas a referência dele aos meus funcionários me fez segurá-lo.

Ela era uma prostituta demoníaca sexy e do mal.

Eu nunca estive tão baixo na minha vida.

Cobri minhas mãos novamente com óleo, fechei os olhos e amassei aquelas nádegas magníficas.

Tentei me imaginar amassando massa de pizza.

Não funcionou.

Acabei mordendo o interior da minha bochecha até provar o sangue.

Ele a odiava com paixão na época.

Eu estava começando a pensar que meus pensamentos anteriores da masmorra teriam sido preferíveis.

A dor estava me ajudando, então mordi minha língua.

Difícil.

Apliquei mais óleo e decidi causar um rebuliço.

Desta vez, passei o lado da minha mão entre as nádegas dela, deliberadamente ao longo do ânus.

Não o fiz com ternura e não fingi que foi um acidente.

Eu vi seus pés pularem.

Não há mais essa merda lenta e fofa.

Meu pau estava me matando e raiva e dor eram as únicas coisas que me deram um leve suspiro.

A propósito, eu arrastei minha mão para dentro da fenda e certifiquei-me de que seu ânus não fosse ignorado.

Eu vi seu corpo inteiro se contrair e sua cabeça se levantou.

Ela rolou de lado, sua bunda fora do meu alcance.

"De joelhos!" ela gritou.

Caí de joelhos e deixei meus olhos caírem no chão.

Eu não podia acreditar o quão difícil eu estava respirando.

Pelo menos eu não podia mais ver sua nudez.

Meu pobre pau estava se movendo, pedindo alívio.

Fechei os olhos e rezei por dor.

Ouvi o zumbido e não vacilei quando me bateu nas costas.

Eu gostei da dor.

Eu me inclinei nele.

Foi uma distração maravilhosa.

Um som saiu da minha boca, não um gemido, mas um gemido de alívio.

Outro zumbido, mais alto que o primeiro, assobiou na minha orelha e me bateu no peito.

Desta vez, eu emiti um "ahhh" quando o sangue começou a sair do meu pau e retornar ao meu corpo.

Não houve terceiro golpe, embora eu desejasse um terceiro.

"Mais", implorei.

Eu tive que perder minha luxúria.

Eu tinha chegado tão longe que decidi que não iria parar agora.

Eu queria que a paixão fosse tirada de mim.

Ele me respondeu em silêncio.

Abrindo os olhos, olhei para cima.

Ela estava diante de mim em sua glória nua, aqueles lábios cheios de vermelho rubi e o chicote preto na mão.

Ele tinha confusão no rosto.

Não gostei, embora soubesse que precisava.

"Por favor", implorei novamente.

Eu tinha medo que minhas partes se quebrassem.

Eu queria, pela primeira vez na minha vida, perder minha ereção.

Ele ergueu o chicote, pensou melhor e o deixou cair ao lado dele.

"Olhos baixos! Fique assim!" Ele ordenou e depois saiu da sala.

CAPÍTULO 7

Não tenho ideia de quanto tempo se passou.

Tudo o que sabia era que o silêncio e a falta de estímulo visual devagar devolveram tudo ao normal.

Meu batimento cardíaco caiu e me senti calmo novamente.

Naquele momento, tive dificuldade para entender como cheguei ao ponto em que estava pedindo para ser espancado.

Eu mantive o conhecimento de que ela obviamente não gostava de ser perguntada.

Ele ganhou outro pequeno controle.

Quando o demônio voltou, ele me encontrou ainda ajoelhado e olhando para o chão.

Era uma espécie de posição terapêutica para mim na época.

Isso me permitiu pensar sem distração e a leve dor nos joelhos me ajudou a descer da minha situação pré-orgástica.

Ela se recostou na mesa.

"Você começará de novo", disse ela, "permanecerá calma e seus dedos serão doces".

Parece que ela tinha limites para seu domínio.

Eu acho que ela encontrou meu limite e estava disposta a dar um passo atrás, mas ela não iria admitir isso.

Fiquei surpreso ao ouvir a palavra 'amor'.

Isso não parecia se encaixar no arranjo que ela havia planejado.

E não era exatamente uma boa descrição do que ele estava fazendo quando eu ataquei sua bunda.

Levantei-me, flexionando os joelhos, para recuperar o sangue nas minhas pernas.

Ela era magnífica deitada lá.

Seus seios relaxaram um pouco para os lados e seus cabelos caíram sobre o travesseiro e caíram no chão.

Ela havia removido a trança que dava aos cabelos um cacho atraente.

Mas eu estava um pouco estressado.

Esta mulher estava calculando.

Prometi a mim mesma que permaneceria cauteloso.

"Onde minha amante gostaria de começar?"

Foi no início do século XIX.

Eu sorri, me sentindo mais como se estivesse novamente.

"Braços, ombros, seios, barriga e depois a boceta. Nessa ordem", declarou ela sem reservas.

Meu pau estremeceu.

Sua puta, pensei.

Ela estava tentando ser mais provocativa.

Ela ia me fazer voltar a vestir.

Ela estava "me matando" com ansiedade.

Quando ela disse "amor", ela quis dizer matar lentamente.

"Sim, senhora", respondi.

Lubrifiquei minhas mãos e tentei pensar em beisebol.

Eu odiava beisebol.

Eu fui trabalhar em seus braços, lentamente como ela exigiu.

Eu era capaz de manter meus olhos longe de suas partes e focar apenas onde estavam meus dedos.

Ela sabia que isso só funcionaria até atingir seus seios, mas estava funcionando agora.

Meu pau estava bem drenado e espero que eu possa me aposentar.

Pelo canto do olho, vi um sorriso de conhecimento.

Cadela, cadela, cadela.

Quando cheguei a seus ombros, tive que ficar de pé sobre sua cabeça.

Minha visão periférica estava capturando seus lábios e seios de rubi.

Meu pau respeitava isso tanto como se fosse um sinal de encorajamento.

Eu respirei devagar, tentando diminuir minha frequência cardíaca.

Abaixei meus olhos e vi apenas seus lábios.

Aqueles dois lindos lábios vermelhos rubi.

Ela estava lambendo-os muito levemente.

Eu rapidamente olhei nos olhos dele e vi humor neles.

Então ela suspirou, separando gentilmente os lábios.

Ele deu um longo piscar de olhos quando viu meu pau começar a crescer novamente.

Pelo menos sua exaustão pode atrasar um pouco o renascimento.

Quando olhei nos olhos dele novamente, ela estava mordendo o lábio inferior com ternura.

"Senhora, por favor", implorei.

Ela me teve e sabia disso.

Eu deveria ter tentado negociar mais, talvez menos tempo com mais frequência em datas.

Vinte e quatro horas pareciam além da resistência masculina normal.

"Meus seios agora."

Ela ignorou meus pedidos e manteve a pressão.

Seu sorriso voltou àquela má qualidade.

Apliquei uma nova camada de óleo nas mãos.

Eu parei de me certificar de que eles estavam bem cobertos.

Eu precisava de tantos bloqueadores quanto pudesse me ajudar.

Inclinei-me para a frente e, ao fazê-lo, senti seu cabelo espalhar na ponta do meu pau.

Eu quase pulei de mim mesma quando senti a carícia suave de suas madeixas.

Uma pequena risadinha escapou dos lábios da cadela.

Comecei a me mover ao lado dele, longe daqueles fios marrons delicados.

"Fique onde está e concentre-se nos mamilos", ela ordenou. "E com ternura", acrescentou, provavelmente lembrando o meu trabalho anterior.

Tentando não mover minha pélvis de nenhuma maneira, comecei a massagear seus seios com ternura.

Cuidadosamente, coloquei os mamilos entre os dedos indicador e polegar.

Senti seu cabelo arrepiar através da minha ereção crescente.

"Hmm, isso é bom", ela sussurrou enquanto balançava a cabeça lentamente para a esquerda e direita, arrastando os cabelos de um lado para o outro.

"Senhora, por favor", implorei novamente.

Meu pau estava começando a ganhar seu vigor anterior, então a situação estava chegando ao medo.

Ele não tinha certeza do quanto poderia suportar antes que o dano físico fosse estabelecido novamente.

Quero dizer, a dor na bola era uma coisa, mas abusar tinha que ser prejudicial à paternidade.

"A barriga agora", ele instruiu e apontou para o lado direito.

Suspirei enquanto me movia rapidamente para o lado e refresquei meu óleo.

Ele pretendia passar o máximo de tempo possível lá.

Se você apertar os olhos corretamente, poderá formar um pequeno túnel de visão que cancela quase completamente sua visão periférica.

Eu aprendi essa habilidade naquele momento.

Seus seios e buceta desapareceram de vista e eu felizmente me concentrei em sua barriga.

Eu tive que apreciar o sucesso de qualquer programa de exercícios que visava.

Ele podia sentir os músculos sob sua pele.

Se ela fosse um homem, ela teria um pacote super plus.

"Eu acho que sendo homem, você tem pensamentos sobre meus seios alegres", disse ele em tom de conversa, "você provavelmente quer saber como seria deslizar seu pau entre eles".

As visões invadiram meu cérebro novamente.

Abaixei os olhos e não vi nada além de seios escorregadios e brilhantes.

"Oh, Deus!" Exclamei quando o sangue inundou meu pau novamente.

Ela ignorou minha falta de servidão no meu idioma.

"Eu suspeito que seria quente ter seu pênis enrolado entre eles. Quanto tempo você acha que poderia durar antes de se esvaziar nos meus lábios?"

Seu tom era indiferente.

Meus joelhos estavam enfraquecendo e eu me senti um pouco tonto.

Fechei os olhos e comecei a hiperventilar.

Eu estava lutando duro para tirar a imagem de seus lábios cobertos de esperma da minha mente.

É extremamente difícil não pensar em algo assim quando lhe dizem.

"Óleo na minha boceta agora", ela instruiu.

Ele levantou os joelhos e afastou as coxas.

Eu estava trabalhando duro para enfraquecer minha ereção mentalmente enquanto oleava minhas mãos novamente.

E ele estava falhando miseravelmente.

"Eu realmente gosto porque você nunca sabe o que pode acontecer."

Meu pau emergiu novamente de suas palavras.

Eu quase me inclinei para esvaziá-lo.

Um milhão de dólares: era isso que significava sua contribuição mais a extensão do empréstimo.

Foi apenas um caso de bolas duras entre um milhão de dólares.

Mordi minha língua e massageei o óleo em sua boceta o mais suavemente possível.

Senti cada crista e o dar e receber de seus lábios macios e macios.

Mas sem ver nada, mantendo os olhos fechados.

"Use as duas mãos. Quero que você me dê um bom orgasmo lento", ele ordenou.

Fui trabalhar respirando fundo, prendendo cada respiração por alguns segundos, depois soltando-a lentamente.

Minha mão esquerda estava ocupada testando seu capuz para excitar seu clitóris.

Eu lentamente inseri dois dedos da minha mão direita em sua abertura quente.

Ela não precisava de óleo, seu tormento em mim era suficiente para absorver todo o seu canal.

"Sim, isso é bom", ela encorajou "bem, agradável e devagar".

Eu não seria capaz.

Mesmo com os olhos fechados, meus sentidos sabiam onde estavam minhas mãos.

Eu ia jogar minha carga e, embora nunca tocasse meu pau.

Havia apenas uma solução.

"Você é uma puta!" Anunciei e movi minha bunda em direção à cabeceira da mesa.

O apito do chicote foi quase instantâneo.

Ela estava esperando eu quebrar.

Desta vez eu dei a ele o que ele queria, gritei de dor quando o chicote encontrou minha bunda.

Os quadris dela se ergueram.

Eu gritei novamente quando o segundo golpe caiu e senti os músculos de sua vagina pressionando contra meus dedos.

O chicote caiu no chão quando o orgasmo assumiu o controle total do corpo dela.

Minha mão esquerda se moveu rapidamente, brincando com seu clitóris, enquanto minha mão direita forçou seus dedos mais profundamente.

Um gemido alto ecoou na varanda e suas costas se arquearam.

O gemido subiu e desceu com frequência quando ondas de prazer percorreram seu corpo.

Eu lutei para adiar o ataque com os dedos.

Quando seus quadris caíram, reduzi minha mão esquerda a carícias suaves.

Meu direito foi a uma lenta massagem interna.

Ela suspirou alto e caiu de joelhos.

Minha necessidade diminuiu um pouco quando me concentrei na dela.

Um estranho relacionamento inverso.

Eu cuidadosamente extraí minhas mãos quando sua respiração diminuiu.

Eu olhei para o seu corpo mole e saciado e de alguma forma achei bonito.

Inclinei-me e peguei o chicote do chão.

Como um idiota, entreguei a ele.

"Espero que minha senhora me perdoe por chamá-la de puta", eu disse com falsa sinceridade, "senti que precisava de um pouco de ... encorajamento."

Ele estava preparado para mais alguns golpes, bem colocado.

Valeu a pena deixá-lo saber que eu tinha a atenção dele.

Surpreendentemente, ela pegou o chicote e deu um tapinha no meu antebraço.

"Esse momento foi excelente", disse ele com seu sorriso caloroso e convidativo.

Empurrei carinhosamente uma mecha suada do cabelo da frente do rosto para a parte de trás da orelha.

Ele tinha um forte desejo de beijar aqueles lábios vermelhos rubi.

Eu balancei minha cabeça e desviei o olhar.

A cadela estava me torturando há mais de uma hora.

Eu não ia começar a gostar agora.

Pensarei em me gostar na segunda-feira, quando tiver um milhão de dólares.

Vinte e quatro horas de repente não pareciam tão imponentes.

CAPÍTULO 8

Ele se sentou na beira da mesa.

"Você vai me banhar agora", disse ela enquanto se controlava novamente.

Eu estava rezando para que meu pau visse isso como uma operação clínica.

Eu estava realmente preocupado com quantas ereções insatisfeitas um homem pode ter em um dia.

Talvez um pau possa desistir e nunca mais se levantar.

Eu não era fã dessa merda de negação.

Quando ele se levantou, seu pé escorregou no chão.

Eu vi a parte de trás de sua cabeça se movendo rapidamente para bater na mesa.

Sem pensar, estendi a mão e ela acabou em segurança nos meus braços.

Eu suspirei aliviada.

A adrenalina bombeada em meu sistema me fez tremer um pouco quando a levantei.

Eu nem percebi que estávamos nus e que eu estava segurando seus seios até que eu a soltei.

Foi a segunda vez hoje que vi confusão em seus olhos.

Por um breve momento, ela perdeu o controle e eu me tornei o controlador.

Não sei por que senti a necessidade de me meter em problemas, mas senti.

"A senhora tem dificuldade em agradecer?"

Eu sorri quando disse isso.

Era um sorriso irônico que merecia um tapa na cara.

Eu queria apertar sua paciência, já que ela brincava com a minha o tempo todo.

Recebi algo que não esperava.

"Obrigado, Richy", ele disse sinceramente.

Ele se inclinou para frente e beijou minha testa.

Era o tipo de beijo que uma mãe daria a um filho.

A diferença era que minha mãe nunca teve lábios sensuais de vermelho rubi.

Eu me vi apoiado nele e desejando que fosse mais do que o beijo que era.

"Agora limpe o chão. Sua baba do seu pau quase me matou."

Sua voz voltou instantaneamente para o cachorro.

Peguei uma toalha limpa e, com as mãos e os joelhos, comecei a limpar os pequenos vestígios de líquido pré-seminal que havia deixado no chão ao redor da mesa.

Eu me perguntei se alguém poderia ficar desidratado perdendo líquido a essa taxa.

Eu levei meu tempo com ela de pé atrás de mim.

Ele parecia gostar de me ver nu enquanto limpava o chão.

Gostei de segurar o inevitável retorno ao sofrimento.

Talvez eu pudesse lavar algo ou algo assim.

* * *

Quando a maioria das pessoas toma banho, é uma banheira com uma torneira elevada ou um espaço plástico de quatro a quatro.

Essa mulher gostava de chuveiros.

Era um pequeno cubículo com vários chuveiros de mão dupla e uma espécie de máquina de chuva pendurada como uma luz de teto.

Havia um banco, não uma espécie de assento, mas um banco de mármore preto com cerca de um metro e meio de comprimento que percorria o comprimento da parede.

As paredes, o piso e o teto eram decorados com azulejos estampados, não estampados, mas estampados com azulejos de cores diferentes.

Esses padrões eram de bom gosto, com diferentes estilos de camadas e faixas.

As prateleiras foram colocadas com garrafas plásticas e utensílios de esfregar.

A luz natural que entrava pelas janelas geladas fazia a sala inteira parecer muito atraente.

"Uau", eu disse, esquecendo a 'Senhora' mais uma vez.

Eu nunca tinha ficado impressionado com um banho antes.

Eu realmente não sabia que poderia me impressionar com uma.

Não vi as chaves onde esperava que elas estivessem.

Abrir e fechar a água era um mistério.

Uma vez eu tive, há muitos anos, uma namorada que realmente gostava de fazer amor no chuveiro.

Eu só podia imaginar o orgasmo que ela teria em um lugar como este.

Ele não pensava em Wendy há anos.

Ela me deixou para um contador que era um pouco mais casado.

A separação foi mesmo no chuveiro depois de um sexo molhado.

Ela queria uma brincadeira mais molhada.

Ele estava no casamento cinco meses depois.

Ela era uma boa menina e eu realmente a desejei o melhor, mas os chuveiros nunca mais foram os mesmos desde então.

A sra. Buttingson entrou no banheiro e foi trabalhar em uma tela plana embutida nos azulejos perto da frente.

Seus dedos estavam borrados quando ele praticou uma série de escolhas e fez algumas seleções antes que pudesse ler o que eram.

Ele apertou um botão digital verde que apareceu e a tela ficou preta.

A água começou a chover do teto de uma maneira suave, mas obviamente fluida.

Ela ficou na entrada, esperando.

Dei de ombros e esperei com ela.

Foi talvez quinze segundos depois que ouvi o começo da sinfonia.

Foi um que ele pensou ter reconhecido, possivelmente de Mozart.

Eu tinha que ser um dos grandes compositores, pois meu conhecimento nessa área da música era muito limitado.

Eu só podia supor que o começo da música indicava que a água havia atingido a temperatura desejada.

Assim que a música começou, ela cambaleou na água.

Era quase como se eu estivesse dançando um pouco.

Eu achei mágico e muito erótico.

Meu pau estava disposto a ignorá-lo na umidade crescente.

Fui atrás dela e na chuva da água.

A água estava alguns graus mais quente do que eu acho perfeita.

Obviamente, era a temperatura exata que ela queria.

Ela embebeu o cabelo sob a água que caía e afastou-o da água em seu rosto.

Ele pegou uma garrafa de algo de um canto.

"Primeiro o cabelo", ele disse sem respeito.

Peguei a garrafa de sua mão estendida.

Ele estava sentado no final do banco, as pernas estendidas na chuva quente.

Coloquei um joelho no banco para me aproximar e fiquei surpresa por ele não sentir o mármore frio.

A maldita coisa estava quente!

Coloquei um xampu na mão e fui trabalhar nele.

Essa tinha sido a parte favorita de Wendy.

Eu massageava seu couro cabeludo sob o disfarce de xampu e, quando terminava, ela me punha na parede com paixão.

Eu sabia que não poderia reviver aqueles maravilhosos banhos de chuveiro com essa cadela, mas eu podia fazê-la sentir um pouco disso.

Coloquei o xampu no cabelo dela e prestei muita atenção em esfregar as têmporas toda vez que meus dedos se aproximavam.

Ele sabia o que isso poderia fazer com Wendy.

Eu assumi que estava fazendo o mesmo com minha sedutora demoníaca.

Ela se recostou nas minhas mãos e arrulhou um pouco.

Sim, isso a estava afetando bastante.

Eu gostei do poder que me deu, o conhecimento de que pelo menos seu sistema nervoso estava desaparecendo diante de mim.

"Não ouse parar", ele ordenou com um sorriso.

Não faço ideia do que as mulheres pensam de mim do lado de fora do quarto, mas nenhuma se queixou dos meus mimos.

Ele estava gostando das preliminares, os atos altruístas de paixão que mandam uma mulher para as nuvens.

Eu empreguei esses talentos aqui.

Quanto mais a fazia feliz, mais curto seria quando ela planejava mais sofrimento.

Mas eu não poderia estar mais errado.

CAPÍTULO 9

Eu a observei abrir as pernas enquanto ela esticava o pescoço entre os dedos.

A mão dele se moveu sensualmente entre as pernas dela e um gemido escapou de seus lábios.

Ele nunca tinha visto uma mulher reclamar antes, pelo menos não pessoalmente.

Infelizmente, meu pau começou a apreciar esse show.

Inconscientemente, acelerei o movimento dos meus dedos.

"Mais devagar", ele ordenou e recostou-se para me dar uma visão de onde seus dedos estavam ocupados.

Tentei não olhar, mas era maravilhoso demais para sentir falta.

"Eu trouxe uma mulher aqui uma vez", disse ele sedutoramente.

Eu enruguei meus olhos e esperava que sua história terminasse aí.

"Ela adorava a água quente que caía em cascata sobre nossos corpos. Meu Deus, eu amava seus seios. Eles eram tão firmes com os mamilos rosados e inchados que pediram apenas para serem sugados."

Ela continuou sua tortura enquanto sua mão aumentava seu ritmo.

Eu estava duro de novo, tentando desesperadamente impedir que minha ereção esfregasse contra ela.

O atrito poderia acabar com tudo rapidamente.

"As coisas que ela poderia fazer com a língua." Ela continuou a se lembrar. "Quando ele estava entre minhas coxas, eu podia sentir sua língua se curvando dentro de mim, me levando a lugares onde nenhum homem poderia me levar."

'Foda-me!' Eu estava indo gozar.

Pensei em fazê-lo em grande estilo, simplesmente agarrando meu membro e descarregando nos seios da cadela.

"Eu tenho que ir fazer xixi, senhora!" Eu gritei.

E eu correria de uma vez.

Ela teve que me deixar fazer xixi.

Essa era a oportunidade que ele estava procurando.

Me dê um banho e dez segundos e eu baixarei tudo.

Se isso me permitir aguentar uma das próximas vinte horas, seria simplesmente uma bênção.

"Com uma ereção como essa, será difícil para você fazer", disse ele e sorriu conscientemente.

Ela virou o corpo para mim e puxou os dedos entre as pernas.

Eles estavam brilhando com a umidade.

"Você nem me deixou terminar; e eu ia lhe contar o quão maravilhoso tinha sido."

E com isso, e com seus joguinhos sádicos, ela passou os dedos cobertos com a umidade sobre os lábios vermelhos.

Sem querer, eu gemi.

Caí de joelhos e fechei os punhos com as mãos.

"Por favor, deixe-me ir", eu sussurrei para ele.

Meu pau estava se movendo por conta própria.

Essa mulher poderia me levar ao limite à vontade.

Minha empresa, meu sustento estava em suas mãos.

Sua mão bateu no meu ombro com força.

Ele não iria repetir a inscrição corretamente.

Foda-se ela.

"Você venceu, puta", eu disse e minha mão foi para o meu tesão.

Eu o colocava aqui no chuveiro, que era um lugar tão bom quanto qualquer outro.

Ela se moveu mais rápido do que pensava ser possível.

Sua mão subiu e pegou meu pulso, não com força, ele apenas o agarrou.

Apenas o suficiente para eu parar.

"Não", ela disse.

Ela parecia desesperada.

"Vamos fazer uma pausa. Fui longe demais, mas uma pausa como da última vez funcionará."

Havia profunda preocupação em seus olhos.

Ela não estava tentando me quebrar, ela só queria controle.

Se ela quisesse, eu a forçaria a me deixar fazer isso.

Meu pau subiu apenas com esse pensamento.

Uma pausa não era mais uma opção, o acordo seria anulado, quer ele quisesse ou não.

Levantei-me lentamente, um olhar de raiva no meu rosto.

Ele estava jogando fora um milhão de dólares e arruinando a vida de muitas pessoas.

Havia medo em seu rosto.

Peguei um punhado de seus cabelos lavados, inclinei a cabeça para trás e dei um passo à frente.

Meus lábios estavam a centímetros daqueles rubis vermelhos desejáveis.

"Por favor, me toque", eu rosnei.

Não sei por que implorei.

Uma mão, tremendo de medo, envolveu meu membro e senti meu interior tremer.

Sem permissão, fundi seus lábios com os meus.

Eles eram tão cheios e suaves quanto eu imaginava.

Meus quadris explodiram e eu gemi em sua boca.

Senti meu sêmen retido por um longo tempo expulso do meu pau.

O alívio foi enorme, o prazer além da medida.

Eu nunca tive um orgasmo tão satisfatório.

Cada parte de mim emergiu em feliz uníssono.

Seus lábios responderam quando ele explodiu nas pernas dela.

Eu estava em um céu momentâneo.

Não havia parte do meu corpo que não formigasse de exaltação.

Foi realmente um beijo de um milhão de dólares.

Eu quebrei o beijo quando caí das nuvens.

Ela caiu de joelhos no que pareceu choque.

"Desculpe, você é sexy demais para ignorá-lo", pedi desculpas entre respirações profundas.

Eu ia dizer mais, mas tinha uma empresa para economizar.

Eu a deixei lá, olhando abatida no chão.

Durou pouco menos de três horas.

Eu teria que escolher alguém com mais controle na próxima vez.

CAPÍTULO 10

Eu deveria ter me sentido mal na segunda-feira.

Não o fiz.

Ele decidiu jogar a cautela no lixo.

Não consegui chegar ao novo prazo de trinta dias com meus funcionários ignorando seu destino.

Eles fizeram muito para me levar tão longe.

Não era culpa dele que o capital de risco tivesse ido para o inferno.

Eu convoquei uma reunião para a sala central.

O lugar onde normalmente arrumaríamos mesas para festas de Natal ou para uma futura celebração pública.

Olhei para os rostos questionadores, absorvi meu orgulho e comecei.

"Eu estava em negociações neste fim de semana para conseguir os fundos necessários para manter a empresa em funcionamento. Não funcionou, mas tenho trinta dias para encontrar mais".

Ele havia escondido bem os problemas da empresa de todos.

A surpresa era evidente em seus rostos.

"Estou confiante de que posso adquirir os fundos necessários, mas se eu falhasse no meu objetivo, não gostaria que você ficasse sem opções. Adoraria que todos esperassem pela solução, mas sei que alguns de vocês têm famílias e outras considerações."

Fiz uma pausa por um momento para reagrupar meus pensamentos.

Eu tinha pensado muito sobre isso no domingo e já parecia fazer mais sentido.

"Eu agradeceria se você gastasse metade do seu dia de trabalho na empresa e a outra metade estudando suas opções. Não vou abaixar seu salário durante esse período, mesmo se você trabalhar metade. Posso garantir o salário nesta sexta-feira e no seguinte em duas semanas. Depois disso, nossos credores podem receber o salário; lembre-se disso ao fazer seus planos. Assinarei qualquer carta de recomendação e ficarei feliz em fornecer referências para que essa experiência não manche suas carreiras ".

Meus olhos ficaram úmidos quando falei sobre o desaparecimento de algo que havia me deixado muito preocupado.

"Sinto muito por ter chegado a isso. Não é o que eles merecem, mas eles merecem a verdade."

Abaixei os olhos porque não podia mais olhar para eles.

Soou melhor quando eu reparei no domingo à noite.

Janeth me abraçou e me senti pior.

Paul, nosso contador, gritou:

"Eu estarei aqui, faça chuva ou faça sol, Richy. Apenas me mantenha atualizado."

Houve um coro de acordos que me fizeram sentir um pouco melhor.

- A senhora Buttingson voltou, sr. Carrington - Janeth sussurrou e apontou para a sala de reuniões.

Eu olhei para cima e vi Virgínia em seu traje estrito de negócios, mas sem ela os lacaios outro dia.

Os olhos dela eram quase tão vermelhos quanto os lábios.

Algo estava errado com o jeito que ela estava de pé.

Parecia quase desconfortável, talvez menos poderoso.

Quando ele viu que a tinha visto, entrou na sala de reuniões e fechou a porta.

Olhei novamente para os rostos reunidos onde reinavam confusão e simpatia.

"Estou voltando agora", eu disse e fui para a sala de reuniões.

CAPÍTULO 11

Virginia caiu em uma das cadeiras.

Todo o seu equilíbrio comercial desapareceu de sua pele.

Não achei que nada pudesse afetar essa mulher.

Pelo menos não em público.

"Quero tentar de novo", gaguejou Virginia, quase chorando.

Os olhos dela estavam vermelhos de tanto chorar.

Ela estava sofrendo.

Como diabos isso se desfez tão rápido?

"Virgínia, minha empresa não pode ser seu brinquedo", disse com compaixão, "há muitas vidas em jogo. Sou muito grata pelos trinta dias adicionais, mas não posso depositar todas as minhas esperanças em algum tipo de desempenho sexual".

Ela alcançou o telefone da conferência e discou.

"Cottingcom National, como posso ajudá-lo?", Cumprimentou o operador.

"Virginia Buttingson, para o Sr. Smith, por favor", perguntou Virginia.

Houve uma pausa, então me sentei.

Esse era o banco da minha empresa, com o qual eu tinha o empréstimo.

Eu estava começando a pensar que meus trinta dias estavam prestes a terminar.

"Bom dia, senhora Buttingson, o que posso fazer por você?" Sr. Smith perguntou.

"Qual é o status da transferência de fundos?" ela perguntou sem rodeios.

"Foi concluído. Um milhão, conforme solicitado, na conta Carrington, já está disponível", respondeu Smith.

Eu fiquei atordoado.

Isso foi quinhentos mil a mais do que o combinado.

"Obrigado Brian." Virginia desligou o telefone e continuou: "O acordo está fechado, sem restrições."

"O que ... não ... eu não tenho certeza se entendi", gaguejei como um idiota.

"Eu estraguei tudo. Quero outra chance." Ela estava quase chorando. "Por favor, Richy. Eu não sabia que isso tinha afetado você assim. Era apenas um jogo." Ela queria me contar mais. Eu senti e vi nos olhos dele. Ela estava assustada. "Não ... eu não durmo desde que você me deixou. Eu era tão estúpido e continuei quando você me pediu para não fazê-lo." Ela era incrivelmente vulnerável.

"Acho que não posso fazer isso de novo", eu disse honestamente, "vou odiá-lo, amá-lo e odiá-lo novamente ..."

Ela me interrompeu.

"Olha, existem partes que você amava. Podemos fazer isso de novo." Isso não parecia a mulher que me ajoelhava implorando por alívio.

"Estou confuso, Virginia." Ele estava sussurrando para ela abaixar a voz. Ele não tinha certeza do quanto podia ser ouvido do lado de fora da sala. "Pareceu que você gostou quando eu estava sofrendo."

A cabeça dela caiu nas mãos e depois caiu sobre a mesa.

Ela começou a soluçar.

Eu andei em volta da mesa e me sentei ao lado dele.

Eu não tinha certeza se meus braços ajudariam, mas não podia deixá-la chorar na mesa.

Peguei-a nos braços e descansei a cabeça no meu ombro.

"Desculpe, eu não fui feita para o que você quer."

"Mas você me amou", ela soluçou no meu ouvido.

Eu estava preocupado com o seu estado mental.

Ele não tinha certeza de como deduziu o amor das poucas horas que passamos juntos.

Foi quase toda uma carreira frenética e angustiante da minha parte.

Houve algumas paradas agradáveis, mas tiveram vida curta.

"Virgínia". Tirei a cabeça do meu ombro e olhei nos seus olhos vermelhos. "Eu nunca te disse que te amava."

"Não em palavras. Com suas mãos. Ninguém nunca me tocou assim." Ela tinha um olhar sonhador no rosto. "Aquela massagem ... e quando você lavou meu cabelo, pensei que me derreteria. Por que você faria isso se não me quisesse?" Ela estava falando sério agora.

"Você me ordenou que fizesse isso", respondi.

Ela parecia confusa, como se estivesse tentando entender o significado das minhas palavras e não pudesse adicionar duas e duas.

"Mas ... mas você não teve que fazer assim", disse ela lentamente. Ele quase podia ver as rodas em sua mente girando. "Eu vi como você se excitou. Você nem me bateu e estava tão ... pronta."

Acaba com ela? Por que ele iria bater nela?

Foi ela quem estava me batendo.

Eu me afastei um pouco dela, fazendo com que seus olhos entrassem em pânico.

"Virginia, eu não gosto de quem bate ou violência. Eu estava disposto a aguentar um pouco por causa daquelas pessoas que você via lá fora." Apontei para a porta. "Não tenho certeza de que tipo de relacionamento você está procurando, mas acho que não se encaixa no molde."

Eu estava tentando ser claro.

A situação toda era surreal demais.

A cabeça dele caiu para a frente.

"Eu não queria que você fosse", ele disse calmamente.

"Estou tendo problemas com isso, Virginia. Por que eu iria querer ficar se você me negasse que minha dor vai acabar?"

Eu estava sentindo falta de seções inteiras de sua lógica.

"Os meninos sempre saem quando terminam." Suas lágrimas começaram a fluir. "Você saiu logo depois também. Eu não queria que você fosse."

Ela estava chorando muito agora.

Eu estava em choque.

Puxei-a para o meu ombro e a segurei.

Levou alguns minutos para recuperar o controle de seus soluços.

Mas então eu percebi que estava em um dilema com ela.

Levei mais alguns momentos para separá-la gentilmente de mim.

A mulher tinha acabado de salvar meus negócios e provavelmente algumas das vidas que me esperavam do lado de fora da sala.

Ela não tinha ideia de que tipo de homem ela esteve antes.

Eles não poderiam ter sido muito vigilantes se eu sou a melhor medida.

Bem, ela me devia a tortura e eu a salvava a todos.

"Virgínia, eu gostaria de levá-lo para almoçar", ofereci a ele, enquanto sorria para ele ", e depois jantar e possivelmente tomar café da manhã."

O rosto dela se iluminou.

Ela arrastou as costas da mão sobre os olhos para secar as lágrimas.

Isso só ajudou a manchar mais o rímel.

Tentei não rir enquanto agarrava a caixa de lenços de papel da mesa.

"Tem certeza?" ele perguntou e rapidamente acrescentou: "Quero dizer, sim, eu adoraria isso".

Eu acho que ela decidiu não me dar uma saída também.

E eu não teria aceitado.

"Bom. Agora fique parado por um momento."

Peguei um lenço e segurei seu queixo com ternura.

Limpei-o sob seus olhos, me levantando o máximo que pude.

Ele usava um par de lenços até eu ficar feliz com o meu trabalho.

Aqueles belos lábios vermelhos estavam sorrindo novamente quando eu terminei.

Eu me castiguei por ignorar seu estado emocional, mas em minha defesa, aqueles lábios eram algo especial.

"Posso te beijar?" Eu perguntei gentilmente.

"Oh sim", ela sussurrou.

Inclinei minha cabeça e trouxe meus lábios aos dela.

A lembrança do beijo do chuveiro se fundiu com isso em minha mente.

Naquele momento, qualquer coisa que nos mantivesse juntos desapareceu.

Não havia empresa, empréstimo ou dinheiro.

Meus lábios ficaram porque podiam sentir sua apreensão e alegria.

Fiquei assim porque gostei.

Minha mão acariciou seu rosto e se moveu atrás da orelha para empurrá-la mais fundo.

Ela obedeceu com os lábios abertos e uma língua hesitante.

Encontrei a dela com a minha e, quando nossas línguas se tocaram, um calafrio silencioso ressoou no meu corpo.

Fiquei assim com ela porque realmente gostei.

CAPÍTULO 12

Quando finalmente quebramos o beijo, senti uma perda.

Mas agora ele tinha o desejo de transar com ela ali.

Como diabos essa mulher me fez ir tão rápido?

"Isso foi muito bom", disse Virginia e começou a avançar.

Ela queria mais do que eu.

Eu segurei e sorri para que ela soubesse que não era uma rejeição.

"Há pessoas lá fora", eu disse e acariciei sua nuca. Ela se apoiou na minha mão e suspirou. "Vamos contar as boas notícias a esses meninos e eu vou levá-los para almoçar", sugeri.

"E por que eles precisam saber disso?" Ela perguntou com um olhar chocado no rosto.

Levei um segundo para perceber para onde estava indo seu raciocínio.

Eu ri um pouco.

"É sobre o trabalho deles. Você apenas garantiu a eles o salário."

Foi a primeira vez que a viu corar.

Suas bochechas quase combinavam com a cor de seus lábios.

Foi adorável.

Ela se levantou, envergonhada, e arrumou sua roupa.

"Sim. Claro", ela disse enquanto recuperava o controle.

Então ela olhou para mim com olhos suaves.

"Todos os beijos que você dá ... são tão perturbadores?"

"Apenas os mocinhos", respondi.

Ela corou ainda mais claramente.

Agora eu estava no controle e não tinha intenção de negar nada a ninguém.

Deus, aqueles lábios pareciam tão bons.

Levantei-me e alisei minhas roupas um pouco.

"Está pronta?" Perguntei-lhe.

"Sim", ela respondeu.

A mudança em seu rosto foi aterrorizante.

Virginia se foi e a sra. Buttingson estava de volta.

Ela estava agora no modo de sala de reuniões.

Eu segurei a porta quando ela saiu, a cabeça perfeitamente nivelada enquanto nos movíamos em direção aos funcionários ainda reunidos.

Vi Janeth limpando a lateral do rosto.

Eu realmente esperava que ela não estivesse chorando.

"Parece que fui muito prematuro com minhas declarações anteriores", disse enquanto acompanhava minhas palavras com um sorriso ", a senhora Buttingson e eu concordamos em uma associação que garantiu à empresa fundos suficientes para suportar e nos levar além da data lançamento planejado inicial "

Houve muitos aplausos e sorrisos.

Os sorrisos pareciam um pouco maliciosos agora e eles me deram uma piscadela.

O sorriso de Janeth era ainda mais misterioso enquanto ela continuava a limpar o lado do rosto.

"Temos um acordo a concluir e milhões a fazer", anunciei alegremente.

A mão de Janeth estava mais frenética até tocando seu rosto.

Virginia revirou os olhos quando percebeu o que Janeth estava tentando dizer.

Eu olhei com minha

'Do que?' Eu disse encolhendo os ombros.

Virginia pegou uma caixa de lenços de papel na mesa de Paul.

Ela agarrou meu queixo, nunca perdendo sua expressão comercial controlada.

O lenço ficou vermelho depois que ela limpou meus lábios.

Eu Corei.

"E Richy está me levando para almoçar", anunciou Virginia.

Eu não acho que me sentiria mais desconfortável na minha vida.

Houve algumas risadas entre os que se reuniram até Virginia se virar com seu olhar patenteado.

"Cresça, pessoal", ela zombou.

A risada virou risada.

O rosto de Virginia estava tão vermelho quanto o meu.

Ele pegou minha mão, já que não havia razão para a fachada e me levou até a porta.

"Isso foi embaraçoso", Virginia sussurrou quando colocamos algumas mesas atrás de nós.

"Foi o seu batom", culpei-o com um sorriso bobo.

"Agora todo mundo sabe disso", acrescentou.

Ela tentou manter sua atitude comercial para os olhos que nos seguiram.

"Eles estão com ciúmes porque eu tenho um encontro sexy para o almoço", brinquei.

"Um encontro. É um encontro?" ela perguntou surpresa.

Eu me perguntava o que ela pensava que era.

"Beijos, mulher sexy, almoço. Sim, parece que é mais do que aquilo que se qualifica para um encontro", respondi o mais gentilmente possível.

Seu sorriso cresceu, ela colocou o braço em volta do meu e me puxou para mais perto quando terminamos de sair.

Ela se sentiu bem ao meu lado.

Eu gostei que ela não se importasse que todo mundo estivesse assistindo.

A mulher de negócios havia deixado o prédio.

CAPÍTULO 13

Eu escolhi Fugui's, uma pequena massa italiana nas proximidades.

Não era a melhor comida da cidade, mas às vezes a atmosfera íntima era o problema nesses lugares.

Havia uma pequena mesa onde um grande suporte com colunas bloqueava o resto da sala.

O teto era baixo, o que reduzia a reverberação e nos permitia falar sem precisar repetir o que foi dito.

E era adequadamente privado.

"Sinto muito por esta manhã, Richy", disse Virginia depois que o vinho chegou, "não estou acostumado ... acho que não estou acostumado a gostar de pessoas".

"Vamos lá, você deve ter alguns amigos", eu disse alegremente.

A expressão em seu rosto me disse que era a coisa errada a dizer.

Eu perdi meu sorriso e coloquei minha mão sobre a dela.

"Você tem um agora."

Isso me rendeu um sorriso fraco.

Levantei-me e troquei de lugar, movendo-me para o lado dela em vez de me sentar em frente a ela.

"A única coisa que realmente me lembro nesta manhã é o beijo. Todo o resto é um pouco confuso."

Essa pequena mentira me deu um sorriso de verdade.

"Foi muito bom", disse ela gentilmente, "decidi que não beijo o suficiente".

Apertei meus lábios obscenamente e me inclinei para frente.

Ela riu e bateu levemente no meu braço.

"Com homens, não peixes."

"Os peixes também precisam ser amados", brinquei.

O garçom apareceu com nossas saladas, então tivemos que fazer uma pausa em nossa conversa.

Conversamos sobre a nossa empresa enquanto comemos saladas.

Fiquei maravilhado com o quão surpreendentemente rápido era sua mente empreendedora.

Pode parecer que ela simplesmente jogou dinheiro fora, salvando uma empresa sem futuro.

Mas, na realidade, ela havia feito sua lição de casa.

Ela conhecia o potencial e as armadilhas de todo o processo.

Ela tinha conexões incríveis que poderiam realmente ajudar o lançamento inicial.

Quando empurrei a saladeira vazia de lado, percebi uma coisa.

"Se eu não tivesse aceitado sua primeira oferta, você não compraria mais?" Perguntei-lhe.

"Sim, mas eu realmente queria ver você nua", disse ele com seu sorriso maligno.

"E o milhão em vez da metade?" Eu perguntei

"Você realmente precisa trabalhar suas habilidades de negociação. Eu pensei que você exigiria mais, por isso antecipei o milhão", ele deu de ombros e continuou, "e para ter sucesso, você realmente precisa de um aumento considerável no capital de giro para o lançamento." Sem isso, as vendas não teriam durado mais um ano, enquanto os concorrentes tentariam copiar seu produto ".

"Você tocou em mim", proclamei.

"É o que fazer", confessou ela, estendendo a mão e acariciando atrás da minha orelha, "você está com raiva de mim?"

Foi a primeira vez que ela iniciou um toque suave.

Eu podia ver a preocupação em seus olhos.

"Não, eu estou brava comigo mesma por não ter visto", eu ri, "eu era realmente vaidosa o suficiente para pensar que era sobre mim."

"Isso agora, mas não era então", Virginia disse casualmente.

Sua sinceridade me surpreendeu.

Eu acho que ela realmente tinha sentimentos por mim.

Apenas quando eu pensei que tinha descoberto sua jogada, ela me deixou ver a realidade.

"Foi por isso que transferi o dinheiro hoje de manhã. Não queria que você pensasse que já estava guardando para você."

Você quer saber como agradar um homem?

Apenas valoriza sua existência.

Aqui estava a pessoa de negócios mais inteligente que eu conhecia, me dizendo que meus anos suados valeram a pena.

Sua avaliação do potencial da minha, não, da nossa empresa foi ainda maior do que eu imaginava.

Exigir apenas 49% significava que eu sabia que minha visão era necessária para essa avaliação.

Tudo isso e eu também sabia como ela estava nua.

Eu a surpreendi com um beijo apaixonado.

Eu a senti nervosamente olhando em volta antes de desistir e me deixar levar pelo meu afeto público.

Fomos forçados a nos separar quando o garçom trouxe o prato principal.

A comida tem um gosto melhor quando tudo corre do seu jeito.

Virginia estava sorrindo para mim enquanto comíamos.

Não acho que ela soubesse completamente como havia afagado meu ego.

E isso tornou tudo mais sincero.

"Vou ter que ter um batom diferente se você continuar me beijando em público assim", ela sorriu.

"Não se atreva", eu disse, deixando marcas vermelhas no guardanapo, "só preciso comprar mais lenços."

Ele não podia imaginá-la com nada além daqueles lábios vermelhos desejáveis.

Vi algo brilhar em seus olhos quando defendi o batom.

Um pensamento surgiu em sua mente, algo que não se destinava à discussão pública.

Ele se inclinou no meu ouvido.

"Eu realmente gostaria de te levar para casa e você não recusaria", ela sussurrou com um sorriso travesso.

Sangue rapidamente fluiu em meu corpo com suas palavras.

Eu senti a mão dele na minha virilha.

"Eu adoraria ver o que posso fazer com você."

"Confira, por favor!" Eu disse que talvez um pouco alto demais.

Mas como eu disse, não era o melhor lugar para comer da cidade.

CAPÍTULO 14

Eu levei Virginia para a casa dela no meu carro.

Ela disse que poderia providenciar para que ela fosse buscar amanhã.

Eu acho que ela estava mais interessada em garantir que meu interesse não desaparecesse.

Ela não era muito agressiva, apenas alguns golpes simples e um pouco aconchegando-se para mim para ter certeza de que ela sabia que ela estava ao meu lado.

Eu achei a atenção que ele estava me dando muito atraente.

Meu interesse não diminuiu.

Quando entramos na casa dela, Virginia me arrastou diretamente para o quarto dela.

"Sente-se", ele ordenou, apontando para a cama.

Ela usou sua voz maliciosa que me irritou um pouco.

Eu escolhi ficar com uma cara de mau humor.

Ela sorriu.

"Por favor, sente-se."

Esta era sua voz amável e amorosa novamente.

Eu me sentei rapidamente.

Ela agarrou meu pé e tirou meu sapato e meia.

Ela repetiu com o outro pé.

Usando sua voz maliciosa, ele ordenou: "O cinto".

Ela estendeu a mão esperando que eu cumprisse.

Eu poderia ter resistido à sua voz maliciosa, mas gostei de onde as coisas estavam indo.

Abri o zíper e puxei-o através dos ilhós.

Ela pegou o cinto e o colocou na pilha dos meus sapatos e meias.

Virginia me empurrou para a cama, que caiu nas minhas costas, desabotoou o botão e abriu o zíper da frente da minha calça.

"Não diga nada", ela ordenou e eu obedeci.

Ela tirou minhas calças junto com minha boxer e as adicionou à pilha crescente.

Eu estava meio empolgado neste momento.

Ele não tinha certeza do que tinha em mente e estava com um pouco de medo de tentar voltar aos seus caminhos tortuosos.

Ele foi até a cômoda e pegou um pequeno tubo de ouro.

Ele colocou entre as minhas pernas, tirou a jaqueta e a deixou cair no chão.

Sorrindo, ela desabotoou a blusa e a jogou no chão também.

O sutiã de renda seguiu rapidamente.

Meu pau estava mostrando um pouco mais de vida no momento.

"Pretendo me desculpar fisicamente por minhas ações neste fim de semana". O rosto de Virginia estava arrependido. "Eu espero que você possa me perdoar."

Ele estava prestes a dizer algo que não era necessário quando ela removeu a tampa do tubo de ouro e seu batom vermelho rubi apareceu.

Enquanto eu a observava habilmente cobrir os lábios novamente, minha excitação ficou mais evidente.

Ele esfregou os lábios e olhou para mim.

Seus lábios estavam brilhando vermelhos, mais brilhantes do que nunca.

"Eu pretendo usar minha boca", ele suspirou.

"Oh merda", era tudo o que eu podia dizer.

Minha ereção palpitava e agora eu estava tensa enquanto rezava silenciosamente que esse não fosse um de seus truques.

Ela sorriu com a minha ereção.

"Eu adoraria fazer isso com você", disse ela, caindo de joelhos.

Seus lábios a centímetros da minha masculinidade, ela passou a mão em torno do membro.

Senti o pulso do meu pau quando ela passou a língua por baixo e girou em torno da coroa, sua mão simplesmente o usando como um guia.

Quando aqueles lábios cercaram minha ereção, todos os pensamentos que eu tinha desconfiados desapareceram.

Aqueles lábios de rubi deslizantes criaram uma euforia visual.

Eu já tinha visto isso em minha mente e a realidade era infinitamente mais agradável.

Os lábios de Virginia se separaram do meu pau.

Ela apertou os lábios e beijou carinhosamente a ponta.

Minhas coxas ficaram tensas para não se mover, deixá-la continuar, durar.

Mas minhas coxas estavam falhando.

Aqueles lábios me envolveram novamente, me levando mais fundo.

Eu podia sentir sua língua empurrando e lambendo.

Eu queria avisá-lo, dar-lhe a opção de desacelerar, mas vim forte e rápido demais.

Meus quadris subiram quando eu gritei o nome dela.

Ela abaixou os lábios e chupou enquanto ele ejaculava dentro dela.

Os pensamentos cessaram quando o prazer passou pelo meu corpo.

As bochechas de Virginia afundaram quando ela empurrou meu pau mais fundo em sua boca, deixando-me lidar com o meu prazer sem me sentir culpado.

Ela queria isso para mim.

Virginia beijou meu falo saciado.

Seu beijo me deu diretamente na ponta do meu membro

Ela sabia o que tinha feito e sorriu aquele sorriso perverso e desonesto.

Eu podia ver aqueles problemas de controle nadando em seus olhos.

Ele fez isso sem o chicote, mas ele me colocou exatamente onde queria.

Desta vez, ela não receberia nenhuma reclamação minha.

"Isso foi mais do seu agrado?" Ele perguntou, já sabendo a resposta.

"Sim, senhora", eu respondi brincando.

Eu amei o riso que ele gerou nela.

Ele bateu na minha coxa, levantou a saia e subiu em cima de mim.

"Você vai ficar?" Virginia perguntou com um sorriso forçado.

Seus comentários anteriores voltaram para mim.

Ele não podia acreditar o quão emocionalmente fraca uma mulher tão forte poderia ser.

Então percebi quanto risco ela acreditava ter assumido.

Havia medo em seus olhos que cercavam o medo.

Eu segurei uma resposta sarcástica e me apeguei à verdade que sentia por ela.

"Sim", respondi sinceramente, "eu esperava que você me deixasse passar a noite aqui."

Eu vi seus olhos lacrimejantes antes que seus lábios sufocassem os meus.

Eu podia sentir o corpo dela tremendo enquanto nos beijávamos.

Eu a abracei apertado, querendo reprimir seus medos infundados.

Eu realmente pensei que isso era algum tipo de terapia agradável para ela.

Não mais.

Eu gostei dela nos meus braços.

Eu gostei que ela precisasse de mim.

Ela era mais esperta que o inferno, mas frágil como a porcelana fina por dentro.

Eu até gostei do fogo de controle queimando dentro dela.

Ela era um quebra-cabeça muito sexy.

Meu enigma.

Eu a rolei de lado, seus seios contra o meu peito.

Afastei alguns cabelos rebeldes dos olhos e atrás da orelha.

Ela estremeceu com o meu toque, o que eu achei egoisticamente agradável.

"Eu gostaria de terminar de lavar seu cabelo." Eu disse casualmente enquanto passava minha mão pelos cabelos castanhos dele.

O sorriso dela foi sincero.

"Eu realmente gostaria disso também", ela sussurrou.

Eu podia ver a emoção em seus olhos.

Ela estava pensando em sexo molhado da corrente do chuveiro.

Mas agora o banho de xampu era apenas uma desculpa para me dar tempo para me recuperar.

Foi uma sorte que ela também achou a proposta agradável.

CAPÍTULO 15

Virginia tentou me ensinar como o chuveiro controla.

Achei divertido tocá-la com ternura enquanto tentava me explicar.

Ela percebeu que eu estava perdendo o controle de seus pensamentos, mas ela nunca me repreendeu ou tentou me impedir.

Quando ela desistiu alegremente, eu estava quase tão sem noção quanto quando começamos.

Eu duvidava que ele me deixasse controlar tudo de qualquer maneira.

Desta vez eu fiz bem.

Eu tinha Virginia deitada de costas, ao longo do banco aquecido, com a cabeça pendurada nas minhas coxas no final.

O chuveiro tinha um maravilhoso chuveiro destacável que soprou em uma espécie de névoa suave.

Eu gentilmente molhei o cabelo dela quando fechei os olhos.

Foi maravilhoso tê-la no meu colo quando apliquei o shampoo.

Ela emitiu alguns maravilhosos gemidos, enquanto passava a substância com cheiro de flor em seus cabelos.

"Então, da última vez que estivemos aqui, você estava falando de uma garota", sugeriu a história.

Virginia abriu os olhos e me deu um olhar estranho.

"Você está interessado em Lydia agora?" ela perguntou.

"Então ela era real?" Eu perguntei por.

Virginia tentou se sentar um pouco, então eu a empurrei gentilmente e fui trabalhar na parte de trás do pescoço.

Ela relaxou novamente.

"Sim. Nós possuímos um restaurante muito popular juntos", continuou ele, "eu voltaria se perguntasse. É algo que você gostaria?"

Isso foi uma surpresa e me atingiu diretamente na cabeça.

Eu estava apenas sugerindo uma história quente, mas essa era uma oferta intrigante.

Essa era uma fantasia que eu nunca imaginei que poderia se tornar realidade.

É claro que, nos meus sonhos, sempre havia de vez em quando uma noite com duas mulheres que eu pensava que nunca mais veria a realidade.

Não sei se me sentiria muito confortável fazendo uma orgia com pessoas que conheço.

"Eu não acho que quero compartilhar você com ninguém", eu disse cuidadosamente, "você me consideraria um hipócrita se eu quisesse saber?"

Ele parecia estúpido quando saiu, mas acho que ele entendeu.

"Você quer saber sobre ela ou apenas as partes sujas?" Ela estava sorrindo enquanto eu massageia seus tesouros.

"Apenas as partes sujas." Eu devolvi o sorriso.

Isso me deu uma risada, seguida por uma história muito suja.

Eu me diverti lendo erótico.

Mas isso não era nada comparado ao quão empolgado fiquei quando ouvi Virginia, sem reservas, descrever sua fuga do banho com Lydia.

Ela não deixou nada sem descrição e eu me vi respirando pesadamente enquanto lavava o cabelo.

Tenho certeza de que algumas partes foram enfeitadas, mas as aceitei como fato.

Eu era, novamente, o homem de aço.

"Veja o que minha história fez com você", gabou-se Virginia.

Ela estava gentilmente acariciando minha ereção.

Ela levantou-se com uma ideia nos olhos.

"Fique assim", ele ordenou e inseriu uma série de comandos no painel de controle.

Esperar.

Ele estava começando a gostar dela sendo mandona, pelo menos quando não havia negação e dor no final.

"Mais do que um sentimento" ecoou pelos alto-falantes quando o grande chuveiro central se moveu para me cobrir suavemente com água morna.

Ela voltou na minha frente, bloqueando uma boa parte do orvalho.

"Mas é hora de uma nova história."

Sua voz era baixa e sedutora.

Aquela voz prometeu tudo.

Virginia, na minha frente, colocou um joelho em cada lado de mim e abaixou os quadris em direção aos meus.

Eu mudei minha bunda para a borda do banco para facilitar.

Ela se posicionou entre minhas pernas e guiou meu pau em sua abertura.

A água caiu em cascata em seus ombros e no meu peito enquanto ela se inclinava contra mim.

Ele soltou meu pau e gemeu quando completou sua descida.

Eu ecoei seu som.

Virginia colocou os dedos atrás do meu pescoço e levou os lábios ao meu ouvido.

"Faz muito tempo desde que deixei um homem entrar em mim", ela sussurrou alto.

Deus me ajude, gostei muito disso.

"É divino", eu disse, e então me lancei.

Saiu da minha boca sem pensar: "Senhora".

Desta vez, ele não disse isso em tom de brincadeira, como havia dito antes.

Desta vez foi sincero.

Sua pélvis parou e ela me olhou nos olhos.

Eu vi medo nela.

"Eu não quero te perder", ele se preocupou.

Eu não tinha ideia de onde isso estava indo.

Só sabia que me sentia bem.

Muito bem.

E ele queria que ela se sentisse bem também.

Eu queria me sentir bem com ela.

"Então deixe-me ir", eu disse com um sorriso diabólico e acrescentei, "Senhora".

Seus olhos se iluminaram e seu sorriso ficou lascivo quando as consequências do que eu disse a aqueceram.

Ela estava prestes a me agradar.

Ela ia nos agradar.

Senti suas mãos agarrarem meu cabelo e puxar minha cabeça para trás quando sua boceta subiu e caiu em volta do meu pau.

Seus lábios se fecharam à força nos meus quando ele me levou.

Os olhos de Virginia arderam com luxúria.

Isso alimentou o meu, embora eu não estivesse em posição de ajudar muito.

O aperto no meu cabelo estava apertando e puxando mais forte.

Eu não tinha ideia de por que gostei ou por que ela gostava de fazer.

Eu apenas sabia que fizemos isso.

Ela quebrou seu beijo violento e puxou minha orelha para seus lábios.

"Vamos nos reunir", declarou com intensidade, "juntos, você entende?"

Eu senti meu pau aparecer com sua pergunta.

Ele não tinha certeza se poderia esperar muito mais tempo.

"Vou tentar, senhora", gaguejei quando o incrível canal quente de Virginia me sufocou de prazer.

Ele sabia que ela podia sentir que ele estava pronto para explodir.

Talvez a história suja não tenha sido uma boa ideia.

Era um pouco mais quente que ela.

"Não é uma opção", disse ele.

Seus quadris pararam no golpe para baixo e ela começou a moer sua pélvis em mim.

Eu senti meu pau tocando em novos lugares dentro dela.

Eu estava à beira do êxtase.

Se não estivéssemos sendo bombardeados com água, o suor estaria cobrindo todo o meu corpo.

Minha respiração estava difícil.

Eu senti sua pélvis se contrair involuntariamente e sua mão apertou meu cabelo novamente.

No segundo momento, ela gritou: "AGORA!"

Deixe-me levar.

A intensidade, combinada com a dor, foi incrível.

Virginia segurou meu cabelo quando ondas de prazer percorreram seu corpo.

Cada empurrão de seus quadris forçava outra onda de leite a ser jogada nela.

Estávamos em perfeito uníssono, dolorosos, felizes.

Virginia soltou meu cabelo e quase caiu de volta no chão.

Eu a peguei a tempo e a puxei em meus braços, meu pau ainda enterrado profundamente nela.

Eu não tinha ideia de onde veio seu desejo de me controlar.

Eu apenas sabia que amava.

Em uma estranha justaposição, agarrei-a pelos cabelos e dei um beijo em seus lábios.

"Isso foi fantástico!" Eu disse fortemente.

Seus olhos sonolentos olharam para os meus.

"Sim, foi maravilhoso", disse ela, e depois sorriu: "Mestre".

Ela caiu nos meus braços e eu a segurei na chuva espessa e quente.

CAPÍTULO 16

O jantar foi um pequeno caso íntimo.

Apenas nós dois nos amontoamos no sofá com comida chinesa que pedimos para ir.

Estávamos cobertos por um cobertor rosa de pelúcia.

Virginia se encaixa nesse estilo muito melhor do que eu.

Rosa não é minha cor favorita.

Estávamos assistindo a um filme de John Wayne, um dos primeiros em cores, eu acho.

Embora fosse basicamente ruído de fundo enquanto comíamos, conversamos e rimos.

Virginia abriu uma garrafa de vinho e conversamos um pouco mais.

Não dissemos uma palavra sobre empresa ou sexo.

Era só para nos conhecermos.

Adorei e fiquei surpreso que ele pudesse ter apenas para mim.

Ele cruzou algumas fronteiras sexuais muito estranhas com ela.

Agora ele sabia mais sobre mim do que qualquer pessoa no mundo.

Acho que sou o único que conhece o interior de porcelana fina.

***

A hora de dormir trouxe mais.

Mais de nós.

Ele estava esperando por ela na cama.

Ele tinha planos, planos de concurso.

Eu queria dormir com lembranças de sua suavidade, sua rendição ao meu amor lento.

Ela saiu nervosamente do banheiro.

Eu acho que ele quase voltou para dentro, mas depois decidiu vir para o meu lado da cama.

Estendi minha mão, me perguntando de onde vinha seu medo.

Quando ela largou o roupão, vi seu medo.

Acima do peito esquerdo, acima do coração, ele escrevera 'Richy's' com batom vermelho rubi.

O que saiu de mim foi a verdade.

"Eu também te amo", eu concordei.

Eu acho que ela estava prendendo a respiração até esse ponto.

Ela caiu em meus braços e eu a puxei para mim.

Eu era a cola da sua porcelana fina.

* * *

Virginia, a princípio, era muito melhor que qualquer despertador.

As risadas e a mordida no meu ouvido eram uma maneira maravilhosa de acordar.

Não havia um botão de repetição em cinco minutos.

Ela era uma pessoa da manhã.

Eu sou um tipo de pessoa que acorda lentamente.

Normalmente, são necessários três ou quatro pressionamentos do botão de repetição antes de finalmente desistir e me levantar.

Virgínia já estava banhada e vestida e os primeiros raios de sol nem haviam chegado pela janela.

Eu me virei e me afastei do seu belo ataque.

Talvez ela me desse mais dez minutos.

Os cobertores e lençóis desapareceram de repente da cama.

Meu calor desapareceu e eu me enrolei.

Eu ouvi o zumbido antes da coceira atingir minha bunda.

Levantei-me para me proteger e a vi inocente e sorridente, com as mãos atrás das costas.

"Você me bateu", eu acusei.

Ele deu um passo para trás, seus belos lábios vermelhos sorrindo.

Levantei-me e dei um passo ameaçador para a frente.

Eu pretendia testar o chicote na bunda dela para ver como ela gostava.

"Você tem uma empresa para administrar, amante", disse ele, dando outro passo para trás.

Olhei para o relógio e lembrei onde estava.

Ele provavelmente iria se atrasar.

A vingança teria que esperar.

"Merda", eu admiti e rapidamente fui para o chuveiro.

Cheirava a Virginia.

Eu gostaria de ter conseguido andar com ela, mas chegar atrasado e cheirar a sexo não parecia uma boa ideia.

Agora eu percebi que não sabia como isso funcionava.

Eu estava tentando alguns botões, mas não consegui tirar a água do chuveiro.

Trinta segundos depois, tive que engolir meu orgulho.

"Como você liga essa maldita coisa?"

Eu gritei.

Sua risada era ao mesmo tempo irritante e maravilhosa.

CAPÍTULO 17

"Quero convidá-lo para jantar hoje à noite", disse Virginia do banco do passageiro.

Ela decidiu voltar para mim para pegar seu carro.

"E eu quero ver onde você mora."

A mulher de negócios estava de volta.

Você coloca essa garota em uma saia lápis e jaqueta e de repente ela pensa que pode governar o mundo.

Ele já a conhecia bem o suficiente para entender que ele estava realmente perguntando, não exigente.

"Minha casa é uma pocilga comparada à sua", eu o avisei.

Eu estava tentando lembrar como estava sujo.

Não me lembrava da última vez que fiz uma boa limpeza.

"Tudo bem. Eu pretendo estar muito suja lá", disse ela, depois sorriu.

Minha mente se animou e senti um pouco do calor da noite anterior voltar.

"Senhora Buttingson, você está marcando seu território?" Eu brinquei.

Mas ela realmente levou a sério.

"Sim, acho que estou fazendo", respondeu ela.

Seu sorriso rubi estava delicioso.

"Nesse caso, eu aceito seu convite para o jantar."

Eu amei a idéia dela me reivindicando.

Normalmente, eu me sentiria sobrecarregado.

Mas com Virginia, ele sabia que era apenas sua necessidade de controlar, mas ele entendeu que era mais frágil do que ele disse.

Ou talvez ele só quis me espancar de mais de uma maneira.

* * *

Janeth me deu um sorriso estranho quando passei pela mesa dela.

Ele se levantou, me seguiu até meu cubículo e sorriu quando me virei para ver o que ele queria.

"Você se divertiu ontem à noite, Sr. Carrington?" Ela perguntou com olhos conhecedores.

Fiquei um pouco envergonhado com a pergunta. Eu era tão transparente?

"Não tenho certeza de que sei o que você quer dizer", eu disse inocentemente.

Eu me virei para um pedaço de papel na minha mesa, esperando que isso deixasse a conversa estranha passar.

"Posso?" Ele perguntou, segurando um lenço que ele havia trazido com ele.

Tenho certeza que corei quando assenti.

Ela agarrou meu queixo como uma mãe preocupada e limpou o batom da minha bochecha.

Eu realmente tive que ficar urgentemente com alguns lenços.

"As mesmas roupas e com a barba por fazer", ele sorriu quando soltou meu queixo. "Eu não acho que cheguei em casa ontem à noite."

"Todas as mulheres são tão observadoras?" Eu perguntei no meu ar amigável.

"Somente aqueles que se importam com você, Sr. Carrington", ela respondeu com uma piscadela.

Ele se virou e voltou para sua mesa.

Se havia alguma razão para fazer essa empresa funcionar, estava lá.

Ele precisava vê-la com dinheiro no bolso e nem um pouco preocupado se um de seus filhos fosse aceito em Harvard.

Passei o resto do dia trabalhando duro.

Agora que não precisava me preocupar com capital, na verdade eu era muito produtivo naquele dia.

Comecei a implementar as idéias sobre as quais eu e a Virgínia conversamos.

A maioria parecia evidente agora que eles estavam na minha mente há um dia.

Ela realmente tinha uma cabeça ideal para os negócios.

Andei pelo escritório e conversei com todos, assegurando-lhes nossa estabilidade.

Eu tinha mais do que alguns olhares sorridentes que me deixaram saber que eles confiavam em mim.

Dei a Ralph o sinal verde para contratar um assistente.

Eu pensei que o homem ia me abraçar.

Fiz isso para acelerar as coisas e por segurança, caso algo acontecesse com Ralph.

Ele pensou que estava fazendo isso para reduzir sua enorme carga de trabalho.

Sendo egoísta, deixei-o pensar que sua versão estava correta.

* * *

Janeth desligou o telefone quando a tarde terminou.

Ela trouxe uma nota para minha mesa com outro sorriso estranho.

"Ela é um pouco mandona, mas eu não acho que você se importe, não é?" Ele disse, entregando-me o bilhete.

A nota continha o nome de um restaurante, 'The Meet', um endereço e sete horas.

Como Janeth descobriu a Virgínia tão rapidamente?

"Você descobriu isso a partir de uma reserva de jantar?" Peça incrédulo

"Conversamos por mais de trinta minutos." Janeth reprimiu uma risadinha. "Não posso desligar um parceiro. Enfim, eu gosto." Eu sorri com a avaliação de Janeth.

"Eu também gosto", eu concordei, "vocês dois não estão compartilhando histórias sobre mim, estão?"

Eu tinha certeza de que Virginia manteria nossos acordos privados.

Eu tinha medo que minhas falhas de caráter pudessem ser a fonte de diversão compartilhada.

Eu não queria dar a volta no alerta do escritório o dia todo.

"Acho que ele me pediu para ser um espião." Janeth parecia satisfeita. "Fique atento a qualquer competição e relatório. Ela realmente gosta de você."

Eu estava corando

"Todas as mulheres são tão intrigantes?" Perguntei-lhe.

"Somente aqueles que se importam com você, Sr. Carrington", ela respondeu com uma piscadela. "Eu sugiro que você saia cedo e se limpe. A camisa preta que você usava há uma semana parece muito boa para a ocasião."

Eu me perguntei se era Janeth ou Virginia falando.

Janeth? Eu perguntei em um tom falso e sinistro.

"Sim, Sr. Carrington?" Ela perguntou enquanto sorria.

Não consegui deduzir nada do seu olhar.

"Me chame de Richy", eu disse com firmeza.

Isso também poderia facilitar nossas conversas.

Embora eu pensasse que a camisa preta me fazia parecer bobo.

"Obrigado, Richy", ele sorriu enquanto caminhava para a mesa sorrindo.

Secretário, especialista em espionagem e moda.

Eu estava em boas mãos.

CAPÍTULO 18

Cheguei bem na hora em que entrei no 'The Meet'.

Eu não achei que conseguiria.

O estacionamento tinha sido mais difícil do que ele supunha.

O restaurante ficava em uma parte antiga da cidade, construída antes do carro assumir o controle da nação.

Acabei esperando a vez do manobrista.

Como esperado, Virginia estava esperando na mesa.

O sorriso dela era genuíno e muito bem-vindo.

Era um lugar público, então eu decidi apenas beijar sua bochecha.

"Você parece bem", disse Virginia.

Eu me puni por não ter dito algo primeiro.

"Obrigado. Parece que eu tenho um novo consultor de moda no trabalho", eu disse conspiratoriamente.

"Gosto muito de Janeth", sorriu Virginia, "muito organizado e parece conhecê-lo bem".

"Bem, você pode ficar feliz em saber que ela também aprova você." Eu sorri "Estou começando a pensar que estou sendo tratado."

"Todos os homens são tratados, querida." Os olhos de Virginia brilharam. "Alguns mais que outros."

Sua mão encontrou minha coxa debaixo da mesa, um pouco mais alta do que politicamente correta.

Ela retirou a mão após um aperto suave que prometeu coisas interessantes mais tarde.

"Eu mencionei como você é linda?" Eu a achei apertar um pouco mais emocionante do que eu havia calculado: "Eu adoraria te levar para casa agora e engolir os lábios vermelhos".

Eu a fiz corar, em público.

Sua mão retornou e subiu até minha virilha.

Ela o removeu quando sentiu minha emoção.

"Oh, eu amo fazer isso com você." E então a mulher de negócios apareceu. "Primeiro jantar, depois sobremesa", ele ordenou com firmeza.

Eu poderia esperar se precisasse.

De repente, sua expressão mudou e ele rapidamente colocou a palma da mão na minha bochecha: "A menos que seja urgente, quero dizer ... eu não quero ... você sabe, faça doer."

Sua preocupação era evidente.

Eu vi sua apreensão, seu medo confirmado em nosso primeiro dia juntos.

Eu esqueci o público.

Eu trouxe esses lábios de rubi perto dos meus e me certifiquei de que ela soubesse que não havia risco aqui.

Ela derreteu em mim.

Ele podia sentir seu alívio e controle voltarem.

"Jantar primeiro, depois sobremesa", eu sussurrei quando quebrei o beijo.

Eu amei o olhar em seus olhos.

Aquele olhar 'eu tenho você'.

Eu sabia que seria uma noite inesquecível.

* * *

De repente, fiquei surpresa que uma mulher estivesse assistindo nossa demonstração de afeto.

Uma loira madura bem-vestida em pé na beira da mesa com a boca aberta e confusão nos olhos.

Ela não estava vestida como garçonete.

Virginia riu e rapidamente pegou um guardanapo para limpar o batom dos meus lábios.

Isso pareceu surpreender a mulher ainda mais.

"Richy, aqui é Lydia. Minha parceira neste maravilhoso bis para bis, eu te falei", disse Virginia com um sorriso torto de "Governe o mundo". "Lydia, este é Richy."

Eu acho que ela queria adicionar outra coisa no final de sua apresentação.

Mas ela pensou melhor e terminou a frase assim.

Minha mente continuava piscando com as visões de Lydia entre as pernas de Virginia.

Um rival estava me incomodando.

"Oi Lydia", eu disse, sem me levantar do meu lugar.

Ela ficou chocada o suficiente para não ver a luta furiosa que estava tendo.

"Prazer em conhecê-lo, Richy." Lydia quase fez parecer uma pergunta. "Virginia, você não me disse que tinha um convidado."

A surpresa de Lydia começou a evaporar e foi substituída por um sorriso sincero.

Ela continuou olhando entre Virginia e eu, obviamente tentando descobrir.

Virginia ignorou seu comentário.

"Richy, espere até você experimentar a comida dessa mulher", insistiu Virginia, com orgulho em sua voz, "isso vai dar água na boca. O melhor investimento que já fiz."

A declaração pareceu colocar Lydia no modo de choque novamente.

Ela não parecia acostumada a ver Virginia ser elogiada.

Então esse era o negócio de restaurantes dos dois.

"Estou desejando que chegue."

Tentei não me mover visivelmente no meu lugar.

Minhas calças ficaram subitamente desconfortáveis.

Virginia pagaria caro por isso.

Prometi aproveitar cada momento da minha vingança.

Eu me perguntei se Virginia havia exagerado o comprimento da língua de Lydia.

"Vou encontrar o garçom nesta mesa." A compostura de Lydia voltou, junto com seu sorriso acolhedor. "E para ver se consigo acelerar um pouco a cozinha."

"Obrigado, Lydia", disse Virginia, quase parecendo que estava demitindo-a.

Lydia foi em busca do garçom.

"Isso foi particularmente ruim", afirmei.

"Eu pensei que você poderia precisar de algum contexto. Uma história sem contexto é, bem, apenas uma história", explicou Virginia.

"Você percebe o que eu vou fazer com você quando estamos sozinhos ..." Eu o ameacei.

"Estou contando com isso", refletiu Virginia, "decidi que queria ser estuprada hoje à noite. Claro, se for demais para você aguentar, eu poderia levá-lo para a sala dos fundos agora."

Ela estava absolutamente séria.

Eu acho que essa coisa de negação e dor iria pesar sobre nós por um tempo.

Enquanto eu soubesse que o fim estava à vista, meus impulsos poderiam ser sufocados.

"Ah, não. Isso levará algum tempo para planejar", brinquei, "arrebatar é uma arte, não uma ciência".

Eu acho que a vi se contorcer um pouco.

Talvez eu não tenha sido o único com um pensamento vergonhoso.

* * *

O jantar foi tão bom quanto Virginia havia descrito.

Eu tinha a garoupa fresca assada mais saborosa que já provei em uma cama de couve.

Praticamente derreteu na minha boca.

Lydia enviou o vinho perfeito para a mesa para acompanhar a refeição e completar a ocasião.

Virginia e eu conversamos, rimos e gostamos um do outro.

Eu gostava de sair com essa mulher.

Pouco antes do final da refeição, Virginia pediu licença para ir ao banheiro.

Ele se foi apenas por alguns segundos quando Lydia deslizou rapidamente no assento de Virginia.

"O que você fez com ela?" ela perguntou com um sorriso radiante.

"Desculpe?" Ele sabia o que queria dizer, mas não sabia ao certo como responder.

Eu bloqueei

"Eu nunca a vi tão feliz", admitiu Lydia, "agora que penso nisso, nunca a vi mostrar nada além de 'ser uma vadia' em público".

Acho que ela pensou que eu entenderia o comentário dela.

Que ele não levaria isso como um insulto à Virgínia.

Entendi.

Eu decidi dizer a verdade.

"Eu acho que é porque eu a amo", eu disse com uma cara séria.

O rosto de Lydia se iluminou.

"Meu Deus, acho que ela também te ama", disse ele. "Eu não pensei que alguém iria ficar sob essa concha. Por favor, não quebre seu coração. Eu, por exemplo, não gostaria de estar por perto se isso acontecesse."

Não pude conter minha risada.

Veio-me uma imagem de uma Virgínia zangada vagando pelo mundo, e ondas de pessoas sentiram sua fúria ao passar.

"O que é tão engraçado?" Virginia estava atrás de nós com as mãos nos quadris.

Lydia se encolheu.

Eu sorri e joguei minha cabeça para trás.

"Só estou falando de você, meu amor", eu disse com carinho.

Vi a careta de Virginia desaparecer.

Ele me beijou para trás e sentou em uma cadeira vazia.

Lydia parecia não querer mais estar lá.

"Posso saber o que foi dito?" Virginia consultou sua expressão "eu sou o melhor para obter uma resposta".

Lydia não sabia o que dizer.

Mas dizer a verdade um pouco modificada foi a chave, com todas as partes boas, com algumas leves omissões.

"Eu disse a Lydia que te amo. Ela me disse que é melhor você não partir seu coração." Eu realmente gosto quando estou certo.

Uma Virgínia de olhos molhados abraçou Lydia como se eles fossem amigos perdidos.

A confusão de Lydia foi muito divertida para dizer o mínimo.

O relacionamento deles nunca foi além do sexo.

Pelo que pude ver, nenhum dos relacionamentos passados de Virginia significava algo para ela.

Até mim, eles eram todos um meio para um fim e nada mais.

"Isso não significa que você pode perder suas vendas neste trimestre", disse Virginia, chorosa, enquanto limpava os olhos.

Lydia sorriu quando a dama de negócios mais familiar apareceu.

"Eu não sonharia em decepcioná-la, senhora ... Buttingson."

Lydia se controlou e perdeu o sorriso.

Seus olhos se voltaram para mim e depois se afastaram com culpa.

Pelo bem dele, fingi que não tinha notado.

Felizmente, Virginia fez o mesmo.

"Estou muito feliz por vocês dois." Lydia se recuperou rapidamente e se levantou. "Eu tenho que atender os outros clientes, então aproveite o resto da noite."

Nós nos despedimos graciosamente quando ele saiu, verificando as mesas ao longo do caminho.

Quando ela estava fora do alcance da minha voz, fui para a Virgínia.

"Sua história me deixou com a impressão de que ela era mais como uma namorada", eu disse com um brilho nos olhos.

"Eu pensei que você gostaria mais assim", disse Virginia, seu sorriso maligno novamente.

Ele se inclinou no meu ouvido e sussurrou:

"Eu não achei que você quisesse ouvir sobre as listras que marquei na bunda dele ou o quanto ele aprendeu a apreciá-las."

Senti um calafrio passar por mim.

"De verdade?" Eu gaguejei.

Novas visões apareceram atrás dos meus olhos.

"A garota é deliciosamente bagunçada quando goza", sussurrou Virginia, enquanto fazia cócegas no meu ouvido, "a visão dela murchando e cobrindo os lençóis era tão bonita."

A vida com Virginia nunca seria chata.

Meu pau simplesmente amou sua voz.

"Eu vou te levar para casa agora", eu o informei.

Poderia ter sido uma caminhada embaraçosa até o carro, mas esperar não era mais muito desejável.

"Eu pensei que você nunca pediria", ela sussurrou.

"Eu não fiz", eu disse com falsa bravura.

Virginia riu e me deixou pensar que eu estava no comando.

CAPÍTULO 19

Aquela noite e as noites e dias seguintes foram os melhores da minha vida.

Aprendemos os limites um do outro e depois os expandimos.

Para mim, esse era um mundo totalmente novo.

Para ela, era um universo completamente novo.

Eu vi seus lábios vermelhos nos meus sonhos.

Eles eram bons sonhos.

Sempre me surpreendia quando aqueles rubis me acordavam de manhã.

E a empresa estava no mesmo caminho rápido que meu coração.

Minha equipe estava em risco.

Tudo o que fizemos saiu cheirando a rosas.

Estávamos todos vendo cifrões em nossos sonhos.

***

Sexta à noite foi minha primeira calma no paraíso.

Virginia teve um compromisso anterior.

Na verdade, me senti bem com isso.

Eu não tinha certeza se conseguiríamos acompanhar o ritmo que estávamos carregando por muito mais tempo.

Além disso, disse que o sábado seria todo meu.

Eu pensei que poderia emprestar para o resto do mundo por uma noite.

Então passei a sexta à noite lavando e limpando meu apartamento.

Eu tive que rir da ironia.

Aqui ele estava em um relacionamento comprometido, mas estava sozinho na sexta à noite.

Meu pobre pênis pode tirar vantagem do resto de qualquer maneira.

CAPÍTULO 20

Parei na casa da Virgínia no sábado de manhã.

Escusado será dizer que ele estava de muito bom humor.

Tínhamos planos de dar uma volta pelo zoológico e sair para almoçar ou jantar, o que ocorrer primeiro.

E encontros sexuais não planejados seriam um fato.

Embora eu estivesse começando a pensar que Virginia realmente planejou a maioria deles.

Aceitei a ilusão porque me convinha.

Mas minha vida foi destruída quando abri a porta.

Virginia estava nua e ajoelhada no mármore frio no centro do hall de entrada.

Suas mãos estavam atrás das costas e sangue escorria de sua boca.

Ele estava repetindo 'me desculpe' como um mantra enquanto olhava para o espaço.

Eu congelei por um segundo, pensando que talvez fosse algum tipo de truque.

Saí do transe e corri até ela, chamando-a pelo nome.

Ele tinha hematomas por todo o lugar e seus olhos não me viam.

Puxei-a para mim na tentativa de me reconhecer.

Ela estava hiperventilando seu mantra e nem sabia que eu estava lá.

Meu coração se partiu.

Alguém quebrou meu anjo de porcelana.

Eu segurei enquanto puxava o telefone do meu bolso.

Mas duas mãos fortes agarraram minha camisa, me levantaram e me jogaram contra a parede.

A parte de baixo das minhas costas bateu nos azulejos, momentaneamente paralisando minha espinha.

Meu telefone voou.

Através das estrelas que apareceram na minha cabeça, vi uma espécie de montanha de homem se mover em minha direção.

Forcei-me a levantar, tentando formar algum tipo de defesa.

Mais rápido do que eu pude reagir, uma grande mão envolveu meu pescoço e me prendeu contra a parede e começou a me levantar.

A outra mão atingiu meu estômago.

Eu estava sufocando no meu próprio vômito.

"Então você é o filho da puta que encheu a cabeça da minha irmã com merda", ele rosnou.

Seus olhos não deixaram espaço para piedade.

Eu lutei para puxar o braço dele, para diminuir a tensão no meu pescoço.

"Ela é minha, pequeno inseto. Ela sempre foi."

Sua declaração foi seguida por outro punho.

Eu não conseguia respirar o suficiente para gritar.

A sobrevivência faz coisas estranhas à mente.

Ele traz de volta memórias de coisas que você não pensava há anos.

Eu tive uma aula de defesa pessoal uma vez, quatro horas completas no Exército.

Foi pouco antes de nossa unidade ser enviada ao Afeganistão por um curto período de tempo.

"Os americanos não lutam de maneira justa", disse o sargento. "Usamos tecnologia e logística para matar nossos oponentes antes que eles saibam que estão em uma briga. Mas, como sempre, as coisas ficam complicadas e você pode se achar em uma luta justa. Os talibãs não têm o poder de nossa tecnologia nem de nossas armas. Eles são empilhados com treinamento corpo a corpo. Eu só tenho quatro horas para ensiná-los a sobreviver a uma luta justa. Infelizmente, isso levaria anos, então eu vou ensinar a trapacear ". Eu ainda podia ouvir sua voz rouca. - Eles vão usar o que encontrarem como arma. Seu capacete, pendurado na tira do queixo, é uma maça maravilhosa. Forte o suficiente para quebrar ossos. Sua equipe está pendurando uma cantina cheia de água.

não tente ameaçar esses caras com seus punhos. Eles serão superados. Então é melhor você acertá-los até a morte com a coronha do seu rifle. Qualquer coisa para mantê-los a uma distância de um braço. Se tudo mais falhar, quero que você lembre-se: em olhos e ouvidos. Foda-se e eles vão deixar você ir. E os ouvidos saem como cascas de banana; eles vão deixar você ir. "

Tudo o resto havia falhado.

Eu estava morrendo lentamente.

Soltei o braço dele, afundei-me mais profundamente no estrangulador e depois agarrei seus ouvidos.

Seu grito foi mais alto do que eu esperava quando puxei com toda a minha força.

O sargento estava certo: ele me libertou.

Larguei a carne dela, peguei a lâmpada na sala e a virei.

O som era nojento quando a base da lâmpada afundou na lateral do rosto dele.

Ele caiu de joelhos e caiu no chão.

De repente, só houve silêncio, exceto o mantra da Virgínia.

Larguei a lâmpada e tomei meu café da manhã.

Eu rastejei, ofegante, para o meu telefone.

Tudo estava morto.

Todos os meus sonhos, pelo menos os que importavam, se foram.

Liguei para o 911 e me arrastei para o meu amor quebrado.

Ela não podia me ver ou me ouvir.

Tudo o que ela estava desmoronou.

Eu a mantive assim até que eles me afastaram dela, seu mantra ainda ecoando.

E eu quebrei então.

CAPÍTULO 21

Os meses que se seguiram foram uma prévia para o inferno.

Os tablóides descobriram sobre a história e a grande imprensa seguiu o exemplo.

Histórias sujas alimentavam os jornais.

Riqueza, incesto, estupro, espancamentos e Virgínia não perderam lugar nenhum.

Ela era o que seu irmão havia criado.

Apenas uma casca amarga forjada por anos de tormento.

Eu poderia encontrá-lo dentro da concha, mas então, uma manhã, eu o perdi.

O mundo era negro para mim; Não havia cor.

Dediquei-me totalmente à empresa.

Eu me tornaria um chefe ditatorial nascido do ódio que não tinha para onde ir.

Eu queria e precisava que outros sentissem minha dor.

Saí cedo uma manhã, levando Janeth às lágrimas.

Andei pelas ruas e encontrei pouco alívio para minha angústia.

Tanto o funcionário quanto o artista tentaram me convencer disso.

Eles ouviram as histórias e reconheceram meu rosto.

Mas o dinheiro comprou dor.

Sua ganância anulou a razão.

Aproveite.

Foi a minha 'colheita' por escolha.

* * *

Voltei naquela tarde pela metade.

Pedi desculpas, através das minhas lágrimas, a Janeth.

E dei desculpas mais embaraçosas aos outros.

Todos entenderam, mas nunca entenderiam completamente.

Voltei para mais dor no dia seguinte.

Adorei a sensação de ser esculpida.

Deixou-me lembrar dela e esquecer o que vi naquela manhã de sábado.

Eu senti falta da minha puta.

* * *

Eles não deixaram ninguém vê-la durante o primeiro mês.

Fiquei arrasada quando ela se recusou a me ver em seguida.

Eu adicionei mais dor ao meu dia.

Não seria suficiente.

Foi Lydia quem me encontrou, bêbado e no telhado do meu prédio.

Ele não ia pular, embora cair fosse uma possibilidade diferente.

Ela, a única pessoa que sabia metade do que estava acontecendo comigo, me abraçou.

"Ninguém sabia, Richy", disse meu ser bêbado.

"Ele quebrou porque eu não estava lá!" Eu gritei.

Mas não me afastei do abraço dele.

Isso me lembrou da Virgínia.

"Apenas dê tempo a ele. Nossa Virgínia voltará e nos enviará em pouco tempo", ele argumentou e me abraçou com mais força.

Eu não pude deixar de rir disso.

Aquele primeiro dia com Virginia fora uma maldição.

Mas eu mudaria todos os dias, de agora em diante, para viver essa maldição novamente.

Pelo menos Lydia entendeu isso.

* * *

Passamos a tarde trocando histórias sobre Virginia.

À sua maneira, Lydia amava Virginia.

Virginia levou a "The Meet" um grande sucesso e revelou a Lydia partes dela que permaneceram escondidas.

Virginia sempre teve medo de contato descontrolado.

Lydia havia chegado muito cedo uma vez e foi afetada pela raiva de Virginia.

Foi a minha massagem, a que eu copiei do navio de cruzeiro, que começou a quebrar sua concha.

Início lento e suavidade controlada.

Isso alimentou sua necessidade reprimida de toque humano.

Sua confusão, misturada com raiva, quando eu lidei com sua bunda fazia sentido.

Muito do que estava acontecendo com a Virgínia fazia mais sentido enquanto conversávamos.

"Eu só queria que ela me deixasse visitá-la", eu disse enquanto o álcool evaporava lentamente do meu sistema.

"Você acha que isso a impediria?" Lydia perguntou com firmeza. "Se você disse a ela que ela não podia vê-lo, você acha que isso poderia fazê-la mudar de idéia?"

Eu sorri com o pensamento.

Eu tinha mergulhado na autopiedade, enquanto a mulher que eu amava mergulhou na dele.

"Foda-se não!" Respondi: "ela me curvava e me fazia rastejar de joelhos e mãos para pedir perdão".

Lydia assentiu com um sorriso conhecedor.

Dei um beijo na bochecha de Lydia.

"Eu vou pegar minha cadela de volta."

CAPÍTULO 22

Virginia estava em um estabelecimento privado fora do alcance da imprensa.

Era o melhor lugar que seu dinheiro poderia comprar.

Era mais um clube de campo do que um hospital psiquiátrico.

Entrei na seção de visitas na segunda-feira, com um Kindle carregado até a borda.

Eu tinha um plano e levaria alguns dias para implementá-lo.

Ele sabia que ela era teimosa e se chamava Virginia.

"Por favor, informe Virginia Buttingson que Richard Carrington está aqui para visitá-la."

Eu já sabia qual seria a resposta da enfermeira, mas em um lugar como esse, o pedido viria da Virgínia.

Sentei-me e me acomodei na sala de espera.

E enquanto eu leio.

***

Repeti a mesma operação depois do almoço, sentei-me e li um pouco mais.

Por mais dois dias, repeti o processo.

A única vantagem é que fui capaz de subir na minha lista de tarefas.

No quarto dia, eu isquei o anzol um pouco mais.

"Por favor, informe Virginia Buttingson que Richard Carrington não trabalha há quatro dias."

As sobrancelhas da enfermeira se ergueram ao meu pedido.

"Palavra por palavra, se você fosse tão legal."

Sentei-me e comecei a ler.

Eu não conseguia nem terminar um capítulo.

"Sr. Carrington", disse a enfermeira.

Ela tinha um sorriso no rosto.

Acho que nos gostamos nos últimos dias.

"O Dr. Hincking gostaria que eu o visse em seu consultório."

Levantei-me com um olhar bastante presunçoso no rosto.

Meu bebê ainda estava preocupado com seus investimentos.

Ela não poderia ter ido completamente.

"Senhor Carrington ..."

Mas eu rapidamente interrompi o médico.

Richard, por favor. Ele ainda estava um pouco animado.

"Ok, Richard", continuou o médico, "a sra. Buttingson concordou em se encontrar com você enquanto eu estiver presente. Acho que ela quer que você aja como um amortecedor. Você pode não estar satisfeito com o resultado."

Eu sorri para o médico.

Eu não tinha ideia do que Virginia precisava.

Ele precisava da concha de volta e esse idiota provavelmente estava tentando destruí-lo para sempre.

"Você não se importará se eu ficar um pouco mais otimista, não é?"

Parecia um grande idiota, mas era o que Virginia diria.

Ela ficaria melhor fazendo isso.

O médico perdeu a falsa amizade que estava tentando projetar.

"A vergonha dele é profunda, Richard. Não quero que ele desfaça o quão longe ele chegou."

O médico estava em tratamento regular.

Isso nunca funcionaria com a Virginia.

Ela precisava do meu remédio para colá-lo novamente.

"Mantenha seus comentários sobre 'hoje'; não faça promessas que não podem ser cumpridas. Ela precisa de estabilidade e verdades sólidas, não sonhos."

"Ela especificou que deveria ter o que me dizer?"

Eu estava ficando arrogante.

Vi a irritação no rosto do médico quando ele percebeu que talvez não cooperasse.

Foi assim que as pessoas se sentiram quando Virginia jogou todo o seu peso.

Foi um pouco intoxicante.

Ele apenas se concentrou em seu objetivo e arruinou todos aqueles que tentavam desacelerá-lo.

"Tudo bem. Eu avisei agora que eu o aconselhei a não fazê-lo." O médico ficou furioso, mas eu fiquei feliz. "É minha opinião que seu tipo de relacionamento não fará nenhum bem. Agora você precisa de um relacionamento mais tradicional." Eu sorri com sua ignorância. "Bem, eu te avisei da melhor maneira que pude. Vou agir como mediador e fazer sua opinião ser ouvida. Mantenha a visita cordial e, por favor, não fique bravo com ela se ela não entender as coisas do seu jeito."

"Isso não é antagônico. Entendi, doutor."

Eu sorri com o seu suspiro.

Eu estava me divertindo mais do que deveria.

O médico era um idiota pomposo de qualquer maneira.

Ele pegou o telefone e disse à secretária para deixar Virginia entrar.

Virginia entrou e eu tentei não fazer careta.

Parecia ter se dobrado.

Ela disse "olá" fracamente, com uma dose adicional de timidez.

Eu apenas balancei a cabeça e a vi caminhar lentamente, quase cambaleando, para o outro lado do sofá.

Um bom abismo de um metro e meio de couro nos separou.

Eu deixei o idiota liderar a conversa.

Ele passou alguns minutos monologando sobre cura e novos começos.

Passou por uma orelha e eu saí pela outra.

Acho que ele decidiu fazer alguns exercícios emocionais de construção.

Foi um erro dele, não meu.

"Agora, Virginia, quando você olha para Richard, o que vê?" perguntou clinicamente.

Eu olhei para Virginia, que estava lutando para olhar para mim.

Sua vergonha era evidente; suas forças foram tiradas dele.

"Medo", ele disse calmamente, "talvez vergonha e perda".

Ela cobriu os olhos antes de terminar.

Até seus lábios haviam perdido o brilho.

"Isso é mais difícil do que eu pensava", disse ele, olhando para o sofá.

"É assim que curamos, Virginia", o médico a consolou.

Então ele cometeu seu segundo erro.

O primeiro foi me deixar entrar na sala.

"O que você vê quando olha para Virginia, Richard?"

"Alguém por toda a vida", respondi rápida e claramente.

Eu estava olhando diretamente para Virginia, inabalável em minha devoção.

Sua cabeça estalou com a minha palavra.

"Você pode esclarecer isso?" O médico perguntou nervosamente.

"Não importa", ele estava pronto para enganar o médico.

Esses meninos sentimentais são todos iguais.

Muitas palavras, mas não o suficiente.

Virginia estava olhando para mim.

Vi que sua força estava voltando.

"Eu pensei que nós conversamos sobre não fazer promessas, Sr. Carrington."

O médico estava cada vez mais irritado.

Eu acho que ele sentiu que o estava ignorando.

E assim foi.

"Não importa que?" Virginia perguntou um pouco mais claramente.

O corpo dela se inclinou para o meu.

Eu era a cola dele.

"Não, eu já disse isso."

Eu nunca tirei meus olhos dos dela.

Eu vi o medo dele desaparecer, o que me fez sorrir.

Ela sorriu de volta para mim.

Era seu sorriso amigável e acolhedor.

Nós estávamos quase lá.

"Eu acho que vou ter que terminar ..."

Interrompi o bom médico antes que a terapia dele arruine minha menina por toda a vida.

"Cala a boca!" Eu pedi com veneno.

Ele estava usando o meu rosto 'vou arrancar seus ouvidos' quando me virei para ele.

Surpreendentemente, ele fechou a boca do caralho.

Voltei com meu sorriso para Virginia.

Ela havia se arrastado completamente sobre o sofá e estava se movendo lentamente em minha direção.

Não fiz nenhum movimento em sua direção.

Esperar.

"Não importa que?" ele repetiu quando se aproximou ainda mais.

Seu sorriso e olhos mudaram para um olhar mais forte.

Mais dela estava de volta.

Só havia mais uma coisa a dizer.

"Sim senhora."

Coloquei tudo o que tinha nessas duas palavras.

Eu ouvi o médico ofegar.

Virginia pulou para frente e nos meus braços.

Seus olhos estavam vivos novamente.

Ela colocou a bochecha ao lado da minha.

"Eu preciso amarrar você, segurar você", ela sussurrou.

Eu podia sentir sua necessidade de controle.

Ela havia perdido muito nos últimos dois meses.

"Há uma loja de ferragens a alguns quilômetros abaixo da estrada."

Eu estava noivo.

Ela valia tudo.

"Isso pode te machucar."

Ela estava quase chorando quando disse isso.

Ele embalou minha cabeça em suas mãos e olhou para mim com os olhos molhados.

Fui assombrado pela necessidade de me controlar completamente e pela necessidade de me amar.

Tudo o que vi foi amor.

Estendi a mão e puxei a gola da minha camisa, quase rasgando-a, para expor meu peito esquerdo.

Uma tatuagem elaborada que soletrava 'Virginia' estava no meu coração.

Arte intrincada, nascida de horas de dor.

Eu a queria além da razão e aceitei o que ela precisava de mim.

Ele me recebeu.

Virginia levantou-se elegantemente e olhou para o médico com desdém:

"Estou indo embora, doutor."

A cadela estava de volta.

O médico sabiamente apenas assentiu.

Eu acho que vi um pouco de medo em seus olhos.

Levamos menos de quinze minutos para sairmos de lá.

A embalagem normal foi ignorada em favor do método rápido de tudo, que cai na mala.

Quando ele fechou a mala, algo passou por sua mente e ele olhou para mim com olhos sérios.

"Tudo bem se nós nunca conversamos sobre minha família?" ela me perguntou.

A última deriva "sensível à luta" para curar também não é ela.

"Eu preferiria que nunca falássemos sobre ela", respondi.

Amaldiçoei o dia em que conheci o irmão dela e suspeitei que o resto da família também fosse ruim.

Virginia sorriu e pegou o cabelo da parte de trás da minha cabeça e aproximou meus lábios dos dela.

Eu senti sua força no beijo e que viajou diretamente para minha virilha.

Ela separou meus lábios e apontou para sua mala.

Eu sorri e peguei.

"Eu vou machucá-lo porque preciso. Não vou negar", Virginia disse com um sorriso malicioso, "e temos que parar para comprar um batom."

Fazia dois meses desde que eu tive uma ereção.

Meu pau estava compensando o tempo perdido.

"Eu amo fazer isso com você", ela ronronou enquanto olhava entre as minhas pernas.

A noite foi requintada.

FIM

9 798822 764313 1